逆ソクラテス

伊坂幸太郎

集英社文庫

逆ソクラテス　目次

逆ソクラテス

逆ソクラテス

リビングのソファに腰を下ろし、ダイニングテーブルから持ってきたリモコンを操作する。買ったばかりの大画面テレビはまだ他の家具とは馴染《なじ》んでおらず、態度の大きな転校生、しかも都心から田舎町にやってきた生徒のような、違和感を滲《にじ》ませていた。先ほど消したばかりではないか、とテレビが苦笑するのが聞こえるようでもある。

実況するアナウンサーの声が聞こえた。明瞭な声で、さほど目新しくもないコメントをすらすらと述べる。

プロ野球のペナントレースも終盤だった。夏の終わりまで首位の在京球団が独走態勢にあったのが、二位の球団が驚くほどの追い上げを見せ、すでに二ゲーム差まで詰め寄っている。観客の注目も集まっているのだろう、テレビの画面越しとはいえ、熱気が伝わってくる。

在京球団の投手がワインドアップポジションからボールを投げる。打者が見逃す。審判がストライクを告げた。

映ったスコアボードには、ゼロが並んでいる。八回の表のマウンドに立つ、現役最高額の年俸を誇るエースは、ずいぶん堂々としていた。

右打席に立つのは三番打者だ。恵まれた体格の割に童顔で、今シーズンは打点、本塁打の二冠が確実と言われている。女性ファンも多い。打者は耳を触り、バットを構えた。

二球目が投げられる。ほぼ同時に、打者の体が美しく回転し、音が鳴る。打ちました、と実況のアナウンサーが甲高い声を上げる。

打球の飛距離はかなり長い。カメラがボールを追う。投手が苦しい表情で振り返る。センターの一番深いスタンドに向かい、ボールは落下していく。大きな放物線を描くその動きに、観客の誰もが見入っていた。

背中を見せ、走っているのは守備要員で入ったばかりの選手だった。体は大きくないものの、粘り強さと選球眼で打率は良く、今シーズンのチームの原動力となっていた。ただし、独断専行が過ぎる監督に反発したが故に、スタメンから外されることが多くなっており、そのことはたびたびスポーツ紙やファンから嘆かれてもいた。私怨《しえん》で、監督がチームの足を引っ張って、どうするつもりなのか、と。その中堅手は俊足を飛ばしている。日ごろの監督との対立で溜《た》まっていた鬱憤《うっぷん》を晴らすかのような快足だ。

捕まってなるものか、とばかりにボールが速度を上げた。

中堅手がセンターフェンスに向かい、跳躍する。ぐんと飛び上がる。宙で体を反り返らせ、着地した。ボールは？　注視していた観客たちが無言ながら、一斉にそう思う。

ボールはどこだ？

観客全員が息を呑《の》む、短い時間があり、その後で中堅手が挙げた左のグローブに白いボールが見えた。観客席から場内の空気をひっくり返す、大きな声が湧き上がった。

中堅手はその場で、右の肘を曲げると、空中に浮かぶ透明の宝を、全身の力で握り締めるかのような仕草をした。小さなガッツポーズとも見える。それから、両手で顔をこする。ばしゃばしゃと洗う仕草で、その後で指を二つ突き出した。

持っていたリモコンの電源ボタンを押す。大型テレビは仄《ほの》かに息を洩《も》らすような音を立て、画面が暗くなる。


中学、高校での思い出は、良くも悪くも、思春期特有の恥ずかしい出来事が多いからか、実体を伴っている。が、小学生の頃のこととなると、ぼんやりとしたものだ。

小学六年生のあの数ヶ月のことも、大事な記憶であるにもかかわらず、思い出そうとすれば、どこか他人の冒険譚《ぼうけんたん》を読むような気持ちになった。

断片的に、ぽつりぽつりと蘇《よみがえ》る場面を思い出すがままに並べていく。

ぱっと浮かぶのは、授業中の机に向かう自分、算数のテストの時だ。

机に座り、答案用紙を前に高まる鼓動を抑えるのに必死な、僕がいる。学力も運動もそこそこの、クラスの中で目立つ存在でもなければ、疎《うと》まれる存在でもない、そういう子供だった。中学から高校、大学と進むにつれ、学力は威張れるものではなくなり、運動も平均的な動きしかできなくなり、だんだんとしょぼくれた生活を送るようになったから、小学校時代は一番マシだった、と言うこともできる。

担任の久留米《くるめ》は、呼び捨てにしてしまうところにその担任教師への僕の思いを察してほしいのだけれど、最後の二問はいつも難問を用意するため、なかなか全問正答はできない。ただ、それ以外のものであれば、僕の頭でも解けた。あとは久留米が、「はい、そこまで。後ろから答案用紙を回収しなさい」と言うのを待つだけだった。

いつもなら、だ。その時は違った。

僕の左手の中には、丸めた紙切れが握られていた。右側の席にいる、安斎《あんざい》が寄越《よこ》してきたものだ。紙切れの中には、数字が記されている。小さな字で、安斎が書いた。一問ごとにカンマ区切りで、テストの答えが記してある。

「俺が加賀《かが》に渡すから、加賀は隣の草壁《くさかべ》に、その紙切れを渡すんだ」安斎は、僕に指示を出していた。

落ち着け、と心で唱えるたびに、その言葉に反発するかのように心臓が大きく弾んだ。

久留米に見つかったらどうなるのか。そもそも、小学生の頃は教師は絶対的に、正しい存在だった。僕たちを指導し、正解を教えてくれ、誤りを正してくれる役割と信じ、疑ってもいなかった。

さらに、久留米には独特の威厳があった。体格も良く、顔は俳優のように整い、歯並びも良い。あの頃の久留米は、三十代後半のはずだから、自分の父親よりも若かったことになる。にもかかわらず僕にとっては、父よりもよほど年長で、よほど厳格な、恐ろしい父親の印象があった。久留米が担任となるのは五年生から二年目であったが、彼に名前を呼ばれるたび、緊張が走るのは変わっていなかった。僕に限らない。子供たち全員が、どこか萎縮していた。ように思う。

あれほど安斎たちと予行練習をしたのに、と思う。いや、実際、あの時はそう思う余裕すらなかったのかもしれない。鼓動の音が頭を埋め尽くしていた。

佐久間《さくま》が挙手した。クラスで最も背の高い女子で、目が大きく、端的に言って美人で、いわゆる学校で最も注目を浴びるタイプの同級生だった。父親は有名な通信会社の取締役でテレビにも時折出演し、地域の経済に貢献しており、母親のほうは教育熱心で、学校のやり方によく口出しをしてくる人物だった。さまざまな理由から、学校側も佐久間には一目置いていた。

「先生」佐久間がしっかりした声で言う。

「何だ」

「このプリント、読みにくいんです」

どこだ、と久留米が彼女の机に近づいていく。

予定通りだ。覚悟を決めた。あの佐久間が、リスクを顧みず、「カンニング作戦」に協力しようというのだ。僕がやらなくてどうする。

久留米が佐久間の横に行き、長身を屈《かが》め、プリントを見つめたところで、僕は左手をそっと伸ばし、草壁の机の上に紙切れを置いた。姿勢を変えず、左腕だけを静かに動かす。大きな動作ではないものの、目立つ行為に思えてならない。

「本番で緊張しないためにはとにかく、何度も何度も事前に練習をやって、自動的に体が動くようにしておくことだよ」

安斎のアドバイス通り、僕は一週間前から休み時間のたびに、練習をしていた。隣の草壁の席へ、そっと手を動かす練習だ。

その甲斐《かい》があったのかもしれない。一度、体を動かしはじめれば、後は自動的に紙切れを草壁の机の上に置いていた。

使命を果たした安堵《あんど》に包まれながらも、心臓の動きはさらに強くなり、それを隠すために答案用紙にぐっと顔を近づけた。

計画当初、僕は、「どうせ、メモを渡すんだったら、解答を紙に書く役割も、僕がやったほうがいいんじゃないかな」と提案した。算数のテストであれば、僕もある程度の点数を取る自信があったし、安斎が答えを書き込んで僕に紙を渡し、それを僕から草壁に渡す、という二段階の手順を踏むよりも、僕が答えを書き込んで草壁に渡す、というほうがスムーズに思えた。が、安斎は、「違う」と言い張った。「作業は分担したほうがいい。それに、草壁の隣の加賀よりも、隣の隣の俺のほうが気持ち的に余裕があるから、答えを書きやすい」

安斎の読みは鋭かった。実際、テスト中に自分が紙切れに解答を書き込むことは無理だった。緊張で、その場で倒れたかもしれない。

メモを受け取った後、左側の草壁がどのような行動を取ったのか、僕は覚えていない。ただとにかく、カンニングを実行した罪の意識と、危険を顧みず行動を起こした高揚感で、ひたすら、どきどきしていた。

美術館に行った時のことも覚えている。二回、訪れた。初回は、カンニング作戦の前だったか、後だったか。どちらにせよその近辺だったはずだ。何しろ、それも計画の一つだったからだ。

「加賀はこの美術館に来たことがあるのか」と安斎に訊《たず》ねられ、僕は、「ここが何の建物かも分からなかった」と正直に答えた。絵画に興味があるはずもなく、学校の近くに、不思議な形の、大きな施設があることは知っていたものの、縁があるものとは思っていなかった。

館内に入ったところで、安斎はここに来たことがあるのか、と訊《き》き返した。するとその声が、広い館内に大きく響き、ぎょっとし、背中が冷え冷えとした。人はちらほらいたが、全員が息を潜めているかのようで、誰かの足音がしただけでも天井が崩れ、巨大な鬼が顔を出し、「見つけたぞ」と嚙《か》みついてくるのではないか。それを誰もが恐れている。そう想像したくなるほど静かだった。

「時々、暇な時は、ここに絵を観《み》に来るんだ」と安斎が言うので、僕は安易ではあるが、尊敬してしまう。

どぎまぎとしながら安斎について行っただけであるから、詳細は分からなかったが、おそらくあれは常設展だったのだろう。地元在住の、抽象画家の作品のコーナーに、ランドセルを背負ったまま、歩を進めた。

「この絵、地元の画家の作品みたいだよね」と安斎が小声で言う。

「いや、知らないよ」びくびくしながら、囁《ささや》いて返事をする。

小六の四月に、東北地方から転校してきたばかりの安斎のほうが、地域のことに詳しいのは何とも恥ずかしかったが、安斎が物知りなだけ、とも思えた。たぶんクラスの誰も、地元の画家のことなんて知らなかったはずだ。

「抽象画で有名なんだって。前に来た時に、学芸員のお姉さんに聞いたんだけど、海外でも評価されているらしくて」

もはや、あの時の僕にとっては、「抽象画」はもとより、「学芸員」も「海外」も未知なる、遠い世界の言葉だった。

「へえ」知ったふりをして答えた。「こんな、落書きみたいなものが、凄《すご》いの？」

小学校の頃の自分を庇《かば》うわけではないが、その絵は実際のところ、落書きじみていた。線が引かれているかと思えば、渦巻きのようなものもあり、青色と赤色が飛び散っている。

安斎が奥のほうに行ったので、僕も続く。以前から時折来ていた安斎のことを、美術館の係員たちは、「絵画好きの子供」と認識していたからか、学校帰りの僕たちのことも不審がらず、むしろ勉強熱心な子供たちと目を細めている向きもあった。

素描画が並ぶ壁で立ち止まった。葉書三枚くらいの大きさの小品ばかりで、いずれも色のついていない、ラフな下書きじみていたため、僕は正直に、「これなら僕でも描けそうな気がするけれど」と感想を洩らした。

安斎は、「本当にそう思う？」と訊ねた。

「描けそうだよ」

「実際にはこれって、子供には描けないよ」

「そうなの」

「デッサン力があるから、ここまで崩せるんだ」

安斎の言葉の意味は、もちろん僕には分からない。「でも、描けそうだと思わない？」としつこく言い返した。

安斎はそこで満足そうにうなずいた。「それがポイントだよね」

「ポイント？　何の？」

安斎は僕の問いかけには答えず、周囲を見渡した。会場の隅には椅子があり、監視役のようにして係の人が座っている。

記憶が正しければ、その日はそこで僕たちは美術館を後にした。帰る道すがら安斎に、その作戦の内容を聞かされたのだ。

次の記憶の場面は、また美術館だ。日を空け、二度目に訪れたところで、僕たちはやはり常設展会場の隅に立っている。隣の安斎が、「よし、加賀の出番だよ」と言う。

「え」

「ほら、説明した通りに」

「本当にやるのかい」

「そりゃあもちろん」

そこから先のことは実はあまりよく覚えていない。算数のテストでカンニング作戦を行った場面よりも、曖昧模糊《あいまいもこ》とした、ふわふわとした煙に包まれたものとして自分の中に残っている。おそらく罪の意識と緊張のあまり、現実味が薄くなっているのだろう。

僕は、会場の隅にいる係員に話しかけにいった。「あの絵は何について描いているんですか」と入口近くの作品を指差し、訊ねた。すると係員の女性が、小学生の僕に驚きと微笑《ほほえ》みを浮かべ、立ち上がり、絵の前でいくつか親切な説明をしてくれた。できるだけ、たくさん話を聞くんだ、と安斎に命じられたため、必死に頭を働かせ、質問をいくつか係員にぶつけた。とはいえ限界はある。あっという間に話題は尽き、僕はぎこちなく礼を言い、そこから足早に去った記憶がある。安斎と合流したのは、出口付近だった。

「どうだった？　絵は？」と弾む息を抑え、彼の手元を見る。巾着袋があった。

安斎の立てた作戦はこうだった。「加賀が係員の注意を逸《そ》らしている間に、俺が別の絵と美術館の絵を入れ替えて、持ち帰る」

安斎についての思い出には、濃淡がある。四月、転校生としてクラスにやってきた時の彼は輪郭のはっきりしない影のようにしか思い出せないのだが、放課後の校庭で、「俺は、そうは思わない」と土田《つちだ》に言い返した安斎の表情は、くっきりと頭に残っている。

カンニング作戦の一ヶ月前くらいだっただろうか。放課後の校庭で僕たちはサッカーをした。安斎もまざっていた。

転校してきてからの安斎は、無愛想ではないものの愛想が良いとも言えず、僕たちが、「一緒に遊ぶ?」と訊ねれば、三回に一度くらいは参加してきたが、自分から、「まぜて」と仲間に入ってくるほど積極的でもなかった。楽しそうでも、つまらなそうでもなく、授業中の発言やテストの結果を見る限り、頭は良い。とはいえ、目立つわけでもなかった。

今となればそれが、「年に一度か二度の転校を余儀なくされてきた」安斎が、体験から身に付けた処世術のようなものだとは分かる。彼は、同級生たちとの距離を取るのがうまかった。

その日はクラスの男子ばかりが六人で、校庭のまわりに張られたネットをゴールがわりにし、サッカーを楽しんだ。それなりに白熱し、いつになく僕はシュートを決めた。安斎が僕に、いいパスをたくさん出してくれたからだ、と気づくのは翌日になってからで、その時はただ、急にうまくなっちゃったな、と上機嫌だった。

「加賀ごときに入れられちゃうとはな」大きな声で、機嫌悪そうに言うのは土田だった。父親が新聞社のお偉いさんらしく、それが関係していたのか、いや、関係しているのだと僕は信じているが、彼はいつだってほかの同級生を下に見ていた。土田の口にすることの七割は自慢話で、残りの三割は、誰かを見下し、茶化す言葉であったから、ようするに彼の発言はすべて、自分の地位を他者よりも上位に持ち上げる主張だった。土田と喋《しゃべ》ることにはそれなりに気を遣ったし、楽しい気持ちになることは少なく、おまけに、というよりも、だからこそと言うべきだろう、クラスの中で影響力を持っていた。

サッカーが一段落つき、「どうする、もう一回やる?」「帰ろうか」などと、ごにょごにょ喋っている時、校門を出て行こうとする草壁の姿が、少し遠くに見えた。在京のプロ野球チームのキャップを被《かぶ》っている。後に分かるが、その頃の彼の唯一の楽しみは、家で観るプロ野球中継で、本塁打やファインプレイを見ると、その恰好《かっこう》を真似《まね》していたらしかった。野球選手の活躍を無理やり自分と重ね合わせ、つまらない現実を忘れたかったのかもしれない。

「おい、臭い草壁、クサ子ちゃん」土田が声を上げた。聞こえたらしく草壁は慌てて、立ち去った。

「クサ子ちゃん?」安斎が真面目な顔で、僕を見た。

改めて訊き返されると僕も戸惑うが、「昔から言われてるんだよ」と説明する。「小三の時かな。草壁がピンクの服を着てきてさ、女みたいだったから」

「ピンクだと女なわけ?」

土田が隣の同級生と顔を見合わせ、表情を強張《こわば》らせた。安斎が口答えしてきていると思ったからかもしれない。「だって、だいたいそうじゃないか」

「俺はそうは思わないけど」

「何だよそれ」土田が怒る。文句あるのかよ。おまえも女子じゃねえの、と。

僕はどうしたものかとおろおろしてしまう。まさか、安斎がそれほど強く、自分の意見を押し出してくるとは思わなかった。

「だいたい、最初に先生が言ったんだよ。三年の時に久留米先生が」土田が口を尖《とが》らせる。

その時のことは僕も覚えていた。久留米は上級生の担任だったのだけれど、たまたま全校の集まりがあった時に、薄いピンクのセーターを着ていた草壁に向かって、「おまえは女子みたいな服を着ているな」と言ったのだ。からかうのではなく、教科書を読むような言い方で、周りの同級生たちはいっせいに笑った。

「ああ」安斎はそこで事情を察したかのような声を出した。「久留米先生は、そういうところがあるよね」

「そういうところって何だよ」土田は興奮した。

「いろんなことを決めつける」安斎が言い、僕は、「え」と訊き返した。決めつける？どういう意味だろうか。僕はその先が聞きたかったが土田がすぐに、「おまえ、何、久留米先生のこと、馬鹿にしているんだよ」とわあわあと言いはじめたことで、話は途切れた。

「いや、俺は別に、久留米先生の悪口を言いたいわけじゃないよ。ただささ」と続けた。

「ただ？」これは僕が質問した。

「ピンクの服を着たからって、女だとは思わないよ」

「ピンクは女だよ」

「それならフラミンゴはどうなるんだよ。大体、女みたいだって、別にいいじゃないか」

「男なのに女なんて変に決まってるだろ」

「土田はそう思うんだろ。ただ、俺は、そうは思わない。女みたいな男だろうが、男みたいな女だろうが、おかしくはない。地球に人間、何人いると思ってんの。いろんな人がいるのが当然だろ。土田みたいな人間もいる」と言葉を一つずつ、相手に噛んで含めるようにして、しっかりと言った。俺は、変だとは、思わない。

場面は変わる。自宅近くの児童公園だ。そこで安斎が話してくれた内容は、忘れられない。細かいやり取りは例によってうろ覚えだが、おおよそ次のような会話だったはずだ。

「加賀、あのさ」安斎はブランコに尻をつけ、こぎながらだった。僕は隣のブランコの上に立ち、膝を曲げ、少しずつ揺れを強くしはじめた。「たとえば、加賀が、ドクロマークの服を着ていたとするだろ」

「え、何のこと？」僕はブランコを動かすのに力を入れはじめていたため、大事な単語を聞き間違えたのかと思った。

「ドクロの服だよ。どう思う？」

「どうって」

「それで、学校に行ったら、たとえば久留米先生とか土田が、こう言うんだ。『加賀は、ドクロの服を着て、ダサいな』って」

「そりゃあ」僕は想像する。「やだよ。恥ずかしいかも」

「だろ。そして、たぶん、クラスのみんながこう思うんだ。『あの、加賀が羽織《はお》ってい る、ドクロのジャンパーはダサい』って。それから、『加賀はダサい奴《やつ》だ』って思う」

「そうだろうね」

「でも、考えてみろよ。ドクロがダサいなんて、そんなの客観的な評価じゃないんだよ」

「客観的って、どういうこと」

「誰が見ても絶対正しいこと、って意味だよ。ドクロマークを恰好いいと感じる人もいれば、ダサいと思う人もいるし。決められることじゃないんだ。正解なんてないんだから。一足《た》す一が二っていうのとは全然違う」

「まあ、そうだけど」

「俺たちは、誰かの影響を受けずにはいられない。自分がどう思うかよりも、みんながどう思うかを気にしちゃう。君は、ドクロマークがダサいと言われたら、そう感じずにはいられないし、もう着てはこられない」

「僕は、ドクロのジャンパーを持っていないけど」

「今まであちこちの学校に通ったけどさ、どこにでもいるんだよ。『それってダサい』とか、『これは恰好悪い』とか、決めつけて偉そうにする奴が」

「そういうものなのかな」

「で、そういう奴らに負けない方法があるんだよ」

　僕はその時はすでにブランコから降り、安斎の前に立っていたのだと思う。ゲームの裏技を教えてもらうような、校長先生の物まねを伝授されるような、そういった思いがあったのかもしれない。

「『僕はそうは思わない』」

「え？」

「この台詞《せりふ》」

「それが裏技？」

「たとえばさ、加賀のお父さんが会社を首になったとするだろ」

「なってないけど」

「たとえばだよ。で、誰かに、情けない親父《おやじ》だな、と言われたとする。周りの同級生は少し笑うだろう。そこで加賀は、これだけは言い返すべきなんだよ」

「何て」

「『僕は、情けないとは、思わない』ってさ」安斎は自信に満ちた言い方をする。「落ち着いて、ゆっくりと、しっかり相手の頭に刻み込むように」

「そんなことに効果があるかなあ」

「あるよ。だって、加賀のお父さんが情けないかどうかは、人それぞれが感じることで、誰かが決められることじゃないんだ。『加賀の親父は無職だ』とは言えるけど、『情けないかどうか』は分からない。だいたい、そいつらは、加賀のお父さんのことを何も知らないんだ。だから、ちゃんと表明するんだ。僕は、そうは思わない、って。君の思うことは、他の人に決めることはできないんだから」

その時の僕は、はあ、と弱々しく相槌《あいづち》を打ったはずだ。安斎の言っていることを半分も理解できていなかった。

さらに安斎は、あの、大事な話をはじめた。

「久留米先生はその典型だよ」

「典型?」

「自分が正しいと信じている。ものごとを決めつけて、それをみんなにも押し付けようとしているんだ。わざとなのか、無意識なのか分からないけれど。それで、クラスのみんなは、久留米先生の考えに影響を受けるし、ほら、草壁のことだって、久留米先生が、『ダサい』とラベルを貼ったことがきっかけで」

「ダサいと言ったんじゃなくて、女子みたいだと言ったんだ」

「転校してきてから観察してたんだけど、久留米先生は、草壁を見下した態度を取ることが多いよ」と安斎は続けた。たとえば同じような問題を解いたとしても、草壁が正解した時には、「簡単すぎる問題だったかもしれないな」とコメントする。もし、優秀な佐久間が答えれば、「よく分かったな」とプラスの言葉を添える。それだけでも、本人はもとよりクラスメイトたちに、印象付けを行うことができる。草壁はいつも褒められず、佐久間や土田は褒められる。結果的に、草壁は萎縮し、周りの人間はこう思う。草壁は自分たちより下の人間で、少々、蔑《ないがし》ろにしても問題はない、と。

「ちょうどこの間、テレビで観たんだけど」安斎が言う。

「何を？」

「何だっけな。教師、教師効果、教師期待効果だったかな」

「知らないよ」僕はすぐに、頭を左右に振った。

「教師期待効果っていう法則っていうか、ルールっていうか、そういうのがあるんだって。先生が、『この生徒は将来、優秀になりそうだぞ』と思って接していると、実際に、優秀になるんだって」

「え、そうなの？」

「まあ絶対そうなる、ってわけじゃないけど。でも、普通の生徒が問題が解けなくても気にしないのに、優秀になるぞ、と期待している生徒が間違えたら励ますかもしれないだろ。熱心に問題を一緒に解いてくれるかもしれない。何かやり遂げるたびに、たくさん褒める可能性もある。そうすることで、生徒は実際に、優秀になっていく」

「なるほど、ありそうだね」

「逆もあるよ。『この生徒は駄目な子だ』って思い込んで接していたら、その生徒が良いことをしても、『たまたまだな』って思うだろうし、悪いことをしたら、『やっぱりな』って感じるかもしれない。予言が当たる理屈も、これに近いんだって。それくらい先生の接し方には、影響力があるってことかも」

「病は気から、っていうのと同じかな」

安斎はブランコに座りながら腕を組み、ううん、と唸《うな》り、「ちょっと違うかも」と首を捻《ひね》る。

話の腰を折ってごめん、と僕は、その時はどういう表現を使ったのか忘れたが言って、安斎の話を促した。

「それを考えれば、一番の敵は」

「敵？」僕は咄嗟《とっさ》に、制御できない巨大なモンスターを思い浮かべた。

「敵は、先入観だよ」

「先入観？」それ自体が分からなかった。

「決めつけ、のことだよ」

「どういうこと」

「久留米先生の先入観を崩してやろうよ」

「やめたほうがいいんじゃないかな」と僕は、佐久間に言った。「僕たちの作戦には加わらないほうがいいよ」と。

佐久間は、分類としては明らかに、「優等生の女子」であったし、親や教師に気に入られているのだから、ここで余計なことをして悪印象を持たれるのは得策ではない、と拙《つたな》いながらも、力説したように思う。

「メリットがない。まったくないよ」と。

草壁も納得するように、うなずいた。

でもさ、と佐久間はそこで少し引き締まった声を出した。「わたしも、ちょっと久留米先生ってどうかと思うところがあるんだよね。子供のことを見下しているのが分かるし」

「さすが、佐久間、鋭い」安斎が手を叩《たた》いた。

あれは、確か、僕の自宅だった。

安斎の計画について、打ち合わせをするために、それは打ち合わせや作戦会議という よりは、「やるぞ」という意思を確認する、団結式に近かったのだが、草壁はもとより、佐久間も来ていた。自宅の二階、南向きのフローリングの部屋は、高校を卒業するまで僕の部屋であったが、思えば女の子があそこに来たのは、あの小六の佐久間が唯一だったのかもしれない。母親がいつになく張り切り、そわそわとし、部屋にお菓子を持ってきたことなどが、照れ臭さとともに記憶に残っている。

どうして佐久間が協力してくれることになったのかは、はっきりと覚えていない。草壁を呼び、放課後の教室で喋っているところを見かけた彼女が、「何の話？」と首を突っ込んできたような記憶もあれば、僕たちが話をしている背後に、たまたま佐久間が立っていたことに気づいた安斎が、「君も参加しないか」と巻き込んだところを思い出すこともできる。思い出とはあやふやなものだ。ただとにかく佐久間が、「少しなら手伝いたい」と申し出てきたことは確かだった。

優等生で、教師や保護者にも信頼されている佐久間が、僕たちの作戦に手を貸しても、得る物は何もないよ、と僕は訴えた。が、彼女は、「久留米先生って、うちのお母さんと同じで、何でも自分が正しいと思い込んでいる感じがあるから、『それは違うでしょ』っていつか言ってやりたかったの」と平気な顔で主張したのだ。

そして、僕たちは作戦会議をはじめた。

まっさきに安斎が宣言したのは、次のようなことだった。

これは草壁のためにはならない。

これは草壁のための作戦ではない。

「え」と僕は驚いた。

佐久間も同様で、「あれ、ちょっと待って、安斎君。これって、草壁君にカンニングで、いい点数を取らせようっていう作戦じゃないの」と戸惑った。

カンニングという単語が大きく響き、階下の母に聞こえるのではないか、と僕は一瞬、どきりとした。

「そういう作戦じゃないんだ」安斎は言った。

「じゃあ何？」

「草壁にいい点数を取らせて、久留米先生をびっくりさせるんだっけ」と僕が訊ねる。

「そう。だけど、ちょっと違うかも。びっくりさせたいわけじゃない」

「じゃあ、何？」草壁も言う。背はそれほど高くないものの貧弱な体型ではなかった。ただ、目が小さく、いつもおどおどとしているからか、何をするにも弱々しく見え、野球帽を取るとさらに、ぺちゃんこの髪が、その弱さを際立たせた。

「この間も言ったけど、久留米先生の問題は自分の判断が正しいと思っていること」

「自分の判断が正しいと思わなかったら、まずいんじゃないの？」

「決めつけてるだけの場合もあるだろ。草壁のことを大事に扱わないのは、草壁が大した子じゃない、と考えているからだ」

そんなことを草壁の前で言っていいものか、とその時の僕はかなり気を揉《も》み、草壁の顔を見ずにはいられなかったのだが、当の草壁は納得した表情で、うんうん、とうなずいていた。

安斎はそこでまた、教師期待効果について話をした。「そもそも、草壁が萎縮しているのは、久留米先生の接し方のせいとも言える。教師が、この子は駄目だ、と思ったら、本当に駄目になることは多いんだから」

「それで？」

「このままだと、久留米先生は自分の判断が正しいかどうか、間違っていないかどうか、疑うこともなく、先生の仕事を続けていくと思うんだ」

「だろうね。うちのお母さんを見ていても思うけど、大人って、考えが変わらないもん」

「完璧な人間はいるはずないのに、自分は完璧だ、間違うわけがない、何でも知ってるぞ、と思ったら、それこそ最悪だよ。昔のソクラテスさんも言ってる」

「ソクラテス？」

「『自分は何も知らない、ってことを知ってるだけ、自分はマシだ』って、そう言ってたらしいんだ」

「自分は？　知らないことを知ってる？」安斎の言葉は、早口言葉にしか聞こえず、慌てる。

「ようするに、何でも知ってるって思ってる奴は駄目だ、ってことだよ」

「ソクラテスって、プラトンの先生だったんだっけ」佐久間が言う。

「うん、そうだよ」

「じゃあ、先生という意味では、久留米先生がソクラテスだ」

「草壁、それは違う、さっきも言ったように、ソクラテスさんは、自分が完全じゃないと知ってたんだから。久留米先生は、その反対だよ。逆」

「そうか、逆か」草壁は真面目に答えていた。

「だから」安斎がはっきりとした声で言う。「ここで俺たちが、久留米先生の先入観をひっくり返すんだ」

「先入観ってどういう意味？」草壁が訊ねると、安斎は、君が答えてあげなさい、と言わんばかりの目で、僕を見た。「決めつけのことだよ」と僕は、さも常識であるかのように説明した。

「いいか、ほら、もし、草壁が何か活躍をしてみたらどうなると思う？」

「僕が？」

「久留米先生は、あれ？　と感じるはずだ。みんなの前で認めたりはしないかもしれないけど、心の中では、『あれ、俺の決めつけは間違っていたのか？』って不安になる。

そう思わないか」

「思う」と僕と佐久間は即答し、草壁もうなずいた。

「だとしたら、たとえば来年、久留米先生が別のクラスの担任になって、誰かのことを駄目な子供だって決めつけそうになった時、ブレーキがかかるんじゃないかな」

「ブレーキ？」

「もしかして、自分の判断は間違っているかもしれないぞ。って」

「草壁は予想に反して、活躍したしな、って？」佐久間は察しが良かった。

「そう。だから、これは、草壁のためになるわけじゃない。だいたいカンニングをして、いい点数を取ったところで、実際の学力が上がるわけではないし、草壁にとって良いとは言えないだろ。ただ、これから久留米先生に教わる子供たちのためにはなる。子供に対して先入観を持つのに慎重になるかもしれないんだから」

「なるほどね」佐久間が納得したように言い、それから僕の母が先ほど持ってきた煎餅《せんべい》を齧《かじ》った。自分の家で女の子が、食べ物を食べていることが妙に新鮮で、小さく興奮した。

「そうか、僕のためじゃなくて」草壁の声がそこで、少し強くなった。「これからの子供たちのために、なんだね」

「そうだよ。草壁には申し訳ないけど」

「いや、僕もそのほうがいい」

それは、はじめて草壁が僕たちに心を開いてくれた瞬間だった。

仮にあれが、沈んだ学校生活を送っている草壁のために、いい思い出を残してあげたい、という憐《あわ》れみにも似た動機から生まれた計画であったら、たぶん草壁は参加してこなかっただろう。仮に参加したとしても、それは僕たちのやる気に反対できないがために、渋々、協力するようなものだったはずだ。が、安斎の目的は、草壁を救うことではなかった。未来の後輩たちのためだ。草壁は、自分も救う側の人間になれるからこそ、乗り気になったのではないか。

佐久間は、コーラの入ったグラスを手に取ると、「こういう時じゃないと、飲めないから、嬉《うれ》しいな」とぼそりと言う。

「家では飲まないんだ？」

「お母さん、ジャンクフード嫌いだから。健康第一主義、というのかな」と言った後で、佐久間はコーラに口をつけた。

そして横では、草壁が大きく開いた袋に手を入れ、一つかみスナック菓子を食べた。見ていると、「うまい」と囁き、すぐにまた手を入れていた。

「草壁の家も健康第一主義？」と何とはなしに訊ねると、彼は唇を歪《ゆが》め、「倹約第一主義」と言葉を選びながら、言った。それから、息を吐くと開き直るかのように、「借金返済第一主義」と笑った。

「それで、安斎君はどこまで計画を考えているの」小六の僕の自宅で、佐久間は確か言った。「カンニングで百点を取らせて、先生を驚かせるだけなの？」

「いや、それだけじゃあ、久留米先生もそんなに気にしないし、単に草壁がまぐれを起こしただけだって思われておしまいかもしれない。もう一つ、続けないと」

「もう一つ？　何かアイディアがあるの」

「今、考えてるのは」

「何？」

「ほら、先入観っていうのはさ、答えがはっきり出ないものに、大きな影響を与えると思うんだ。数字で結果が出ないもの。逆に言えば、俺たちが仕掛けやすいのも、そういう曖昧なところなんだ」

「曖昧な？」

「たとえば」安斎がそこでコーラを飲む。「絵だよ。絵の評価は、数字じゃ分からないだろ」

　草壁が算数のテストで満点に近い点数を取った。その結果、久留米がどういう反応をしたのか実はよく覚えていない。いや、覚えている部分もあるが、快哉《かいさい》を叫びたくなるような、こちらが期待する反応はなかった。

　先生は子供たちの名前を呼び、前に出てきたところに答案用紙を返していく。「頑張ったな」であるとか、「惜しかったな」であるとか、そう呼びかける教師もいたが、久留米はほとんど何も言わなかった。会社員になった後で、コピー機のソート機能を眺め、何か子供の頃に見たことがあると感じたが、あれは久留米の答案返却の様子と同じだったのだ。

　その時も、「草壁」と興味もなさそうに呼んだ。僕や安斎は不自然さを悟られぬように、あえて気にかけないふりをし、草壁を見なかった。

　放課後になり、僕たちは草壁を公園に連れて行き、「久留米先生の反応はどうだった？」と訊ねた。

「何も」と草壁はかぶりを振るだけだった。

「何も声をかけてこなかった？」

「何も」

「でも」佐久間がそこで言った。ブランコを囲む柵に腰を下ろす彼女に、僕は体の中がそわそわする感覚になった。「でもさ、わたしが見たところだと、久留米先生、草壁君の反応をすごく気にしていたよ」

「え」

「疑っているのか驚いているのか分からなかったけれど、ほら、前に教室に蜂が入ってきたことがあったでしょ。あの時、久留米先生が外に追い出そうとしていたんだけど、あの時の顔に似てた」

「草壁のことを、蜂みたいに、怖がっていたということか」安斎が言う。

「恐れていたわけ？」

「そういう感じでもないんだけど、こう、しっかり観察して、どうしようかって考えてるような顔」

「なるほど」安斎は満足げに顎《あご》を引いた。「もしそうなら、作戦は成功だ。先入観が崩れて動揺していたんだ。畳み掛けないと」

「そうかなあ」草壁はどこか自信がなさそうだった。

「でも、安斎君と草壁君の答案用紙が同じだったら、久留米先生も怪しんだんじゃないの」

「それは大丈夫」安斎は少し、前後に揺れていた。ブランコに乗っていたからかもしれない。「俺のほうはわざと間違えているから。草壁は九十八点、俺は七十五点。疑わないよ。佐久間は何点だった？」

「わたしは百点」

さすが、と僕は反射的に感心の声を発したが、お嬢様のご機嫌を伺うようで、恥ずかしかった。

「よし、じゃあ、次の作戦だ」安斎が言った。

「この間言ってた、絵画作戦だね」佐久間が身を乗り出す。「わたしは、お母さんに言えばいいんでしょ。去年と同じように、デッサンコンテストをやってほしいな、って」

「佐久間のお母さんが、久留米先生にそれとなく言ってくれれば、今年もやることになるかもしれない」

デッサンコンテストとは、子供たちがそれぞれ、家の中にあるものや外の景色を、鉛筆や木炭などでデッサンし、学校に持ち寄り、簡単な品評会をするといったイベントだった。久留米には、出来の良い作品があったならば自治体のコンクールに応募しようという狙いもあるようだったが、実際、保護者からは好評だったらしく、他のクラスでも行われはじめていた。

「ああ、でも、草壁君って絵、上手《うま》くなかったっけ」佐久間がそこで思い出したのか、声を大きくした。「五年の最初の頃に、教科書に車の絵、描いてたでしょ。あれ、可愛《かわい》くて、上手かったよね」

思わぬ指摘を受け、草壁は硬直した。顔を赤くして動かない。草壁が固まった、と僕は指差し、安斎も表情を緩めた。

「あの絵、久留米先生に、『消せ』って怒られたんだ」やがて、草壁がぼそりと言った。

「教科書に、下手な絵を描くものじゃない、って」

僕は、安斎を見る。

「そう言われて、草壁はどう思った？」

「まあ、僕の絵は下手だな、って」

「だろ。でも、そんなの久留米先生の感想に過ぎないんだ」安斎は目を光らせ、例の台詞、「僕はそうは思わない」について、そこでもまた演説をぶった。「だからさ、次、同じようなことがあったら、消しゴムで消しながら、絶対に言うべきだよ。『僕は、下手な絵だとは思わない』って。もし口に出せなくても、心では、そう念じたほうがいい」

「心で思うだけでも？」

「それが大事だよ。絶対に受け入れたら駄目だ」

安斎の考える、「絵画作戦」について僕は、美術館に下見に行った帰り道で、最初に聞いた。以下のような内容だった。

子供たちのデッサンを集めた久留米は、教室の壁にその作品を貼るだろう。五年生の時と同じやり方であるなら、そうだ。そして全員にプリントを配り、一番良かったと思う作品の番号とその感想を記入させ、発表させる。

「だから今回は」安斎は説明した。

「今回は？」

「草壁の絵として、別の絵を提出してみるんだ」

「別の絵？」

「ほら、美術館に飾ってあった、地元出身の画家の絵だよ」

聞いた僕は度肝を抜かれた。というよりも、唖然《あぜん》とし、「え？」と間の抜けた声で訊き返した。「ちょっと待って。ということは、あのさっきの絵をもらってくるのかい」

「もらう、というか、借りてくるだけだよ」安斎はあっさりと言う。

「借りる、って美術館って、絵を貸してくれるの？」

「まさか」安斎は即答だった。「図書館じゃないんだから。こっそり借りるしかないよ」

「どうやって！」

するとと安斎は、別の絵と入れ替えるプランについて話し、僕をまた茫然《ぼうぜん》とさせた。雑貨屋とかで、安い絵を買ってくるから、それと交換するんだ、と。

「とにかく、あの画家の絵を、草壁のものとして提出する」

「どうなるわけ」

「俺や加賀が、そのコンテストの時に草壁の絵のことを褒めるんだ。『僕は、あの絵が良いと思いました』とか言って。そうするときっと、久留米先生は難癖をつけてくるよ」

「その絵に対して？」

安斎は強くうなずいた。「草壁が描いたものだと思い込んでいたら、きっと、駄目な絵だと決めつける。『漫画みたいだな』とか小馬鹿にするはずだ」

「そうかなあ」僕は素直にはうなずけなかった。「さすがに気づくよ」

「人間の先入観っていうのは侮《あなど》れないんだよ。人は、自分の判断を正しい、と信じたいみたいだし」

「どういうこと？」

「久留米先生は、草壁を駄目な子供だ、って判定しているだろ。そうすると、その後も、草壁の失敗したところばかりを見て、『やっぱり草壁は駄目だったんだ』って思うんだってさ。自分の判定とか決断に都合が良いものしか受け付けなくなっちゃうんだ。特に、絵の良《よ》し悪《あ》しなんて前にも言ったけど、曖昧だからね。判断する人の気持ち次第で、良いようにも悪いようにも見える。加賀だって、さっきの絵、有名画家の作品だって言われなかったら、落書きだと思っただろ。これなら自分でも描けそうだ、と言ったじゃないか」

「そうだけど」僕は言い淀《よど》む。「じゃあ、もし安斎の言う通りに、久留米先生が、その絵を駄目だと言ったら、その後はどうするつもりなんだ」

安斎は唇を緩めた。ただの笑顔というよりは、体に隠れていた悪戯《いたずら》の虫がじわりと姿を出したかのようだ。「そうしたら俺が、どこかのタイミングで言うよ。『あ、先生、今気づいたんですけれど、その絵、草壁が描いたものとは違うかも！』って」

「え」

「美術館の絵じゃないですか？　って教えてあげるんだ。たぶん久留米先生、焦るよ。だって、有名画家の絵を、貶《けな》したことになるんだから」

うまく理解はできなかったが、それが安斎の言うところの、「先入観をひっくり返す作戦」であるのは何となく分かり、だから、「なるほど」と受け入れるような声を返した。

「きっとそれなりに取り繕うとは思うけれど、でも、久留米先生も自分の判定に自信を持てなくなるのは間違いない」

「久留米先生はこれから、子供たちのことを決めつけなくなる。そういうこと?」

「自分の先入観がいかに、あやふやなものか思い知らせてやるんだ。うまくいけば、久留米先生もソクラテスみたいな考えに辿《たど》り着くかもしれない」

冷静に考えてみれば、この作戦はかなり無茶だった。何しろ、久留米の先入観をひっくり返し、つまり、「有名画家の絵を、草壁の絵だと思わせる」ことが仮に成功したとしても、その後で、「どうしてその絵が、ここにあるのか」と問われた時の説明についてはまったく考えていなかったのだ。なぜ草壁がその美術館の絵を提出したのか。なぜ紛れ込んだのか。なぜ草壁はすぐに言いださなかったのか。結果的に、草壁の立場が悪くなる可能性は高い。

安斎はそれらの「なぜ」を重要視していなかった。「美術館から絵を持ち出すことに成功すれば、あとはどうにでもなる」といった力強い希望を抱いている節もあり、僕もそれを信じた。

だから再び、美術館を訪れ、作戦を決行した。

僕は安斎の指示通りに、係員の注意を惹《ひ》く役割をこなした。

そしてどうなったか。

結論から言えば、安斎は絵画の入れ替えを行わなかった。

係員の話を聞き、緊張感で朦朧《もうろう》とした思いで、雲の上を歩くような心地で出口へ向かい、そこにいた安斎に、「どうだった？　絵は？」と訊ねると、彼がかぶりを振った。

「駄目だ」

「駄目？　絵を入れ替えなかったの」

安斎がうなずく。

「どうして」

「サインだよ」彼のその悔しそうな顔は忘れられない。

「サイン？」

「あんなに小さなデッサンにも、画家のサインがあるんだな。今、見たら、下に描いてあってさ」

絵画には画家のサインが入るものだとは知らなかったため、ぴんと来なかったのだが、安斎は、「さすがにサインが入っていたら、久留米先生も気づいちゃうもんな」とすっかり諦めていた。

絵画作戦はそこで頓挫《とんざ》した。

安斎は一度の失敗にめげる性格ではなかった。終わったことをくよくよと悩むことなく、「じゃあ次にいこう」と言い出すタイプだった。

それなら、と僕は提案した。放課後、僕の家の近所の公園での会話だったに違いない。

「それなら今度は授業中に、草壁が難しい問題を解いて、久留米先生を驚かせるのはどうだろう」

「そうじゃなかったら」佐久間はその時、丈の長いコートを着ていた記憶がある。変哲もない、紺のコートだったかもしれないが、その時は、大人びたものに見えた。「そうじゃなかったら、英語の歌を覚えて、すらすら歌ってみせたりとか？」

安斎は腕を組んだまま、「ううん」と唸り、「いや、それはちょっと、カンニング作戦と同じパターンな気がするし、続けるとばれるかもしれない」と難しい顔をした。

「安斎君はこだわりがあるねえ」佐久間が感心と呆《あき》れのまじった声で言う。

「こだわりというか、効果を考えているだけなんだけど」

妙案も浮かばず、ブランコの周囲でぼんやり立っていた。季節がらずいぶん寒かったが、クラスのほかの子供たちに秘密で話し合いをするのは高揚感があり、さらにいえば、クラスの誰もが憧れる佐久間が一緒にいることの喜びもあったため、楽しい時間以外の何物でもなかった。同じことを感じていたのか草壁がそこでぼそりと、「でも、見られたらまずいよね」と洩らした。

「見られたら？」安斎が訊き返す。

「今、ここを、たとえば土田君とかに見られたら」

「大丈夫だろ。土田が、今のこの俺たちを見たって、公園で遊んでいるとしか思わないはずだ」安斎が言うと、草壁が首を横に振った。「そうじゃなくて、ほら、佐久間さんが一緒にいるから」

「え？」佐久間が自分自身を指差し、「まずかった？」と言う。

「そうじゃなくて、ほら、佐久間さんと一緒にいると、みんな羨《うらや》ましがるよ」草壁はたどたどしく言い、僕も、「ああ、それはあるね」と同意した。

「そうなの？」佐久間が言い、安斎を見る。

安斎は思案する面持ちで黙っていた。そして、ほどなく、「それか？」と自問する声を上げ、「それだな」とうなずいた。

「それって？」

「それだ。その作戦だよ」安斎は少し視線を上にやる。頭の中で考えを整理しているようでもあった。「佐久間は俗に言う、優等生だ」

俗に言う、という言葉が僕には新鮮だった。「族に言う」であるとか、「賊に言う」であるとか、そういったイメージを抱いた。

「優等生、って言われても、あんまり嬉しくないのが不思議だよね」佐久間はむっとはしなかったが、不本意そうだった。

「まあね。でも、実際そうだよ。久留米先生だけじゃなくて、ほかの先生も、それに土田もみんな、佐久間には一目置いてる」

「一目置いてる?」草壁が意味を訊ねたが、安斎は答えなかった。

そしてそこでタイミング良く、電話が鳴ったのだ。僕はすぐに佐久間を見た。クラスでも携帯電話を持っていたのは限られており、佐久間はその一人だったからだ。佐久間はコートから携帯電話を取り出し、その慣れた動作にやはり僕は、自分との成熟度の差を感じずにはいられなかったが、彼女はすぐに、「うん、分かった」と電話に応じ、切った後で、「お母さんから」と口にした。

「寄り道しないで帰ってきなさい、って?」僕は、電話の内容を想像する。

「まあ、そうだね。何か、不審者が隣の学区で出たみたいで」

「え」草壁が顔を青くした。

「そういうのって、しょっちゅうだよ。一斉メールとかで、そういう情報、保護者に送られるみたいだけど、いろいろ出てくるんだから。多いんだよね、変質者って。うちのお母さん、いちいち気にして、連絡してくるけど」

「そりゃあ、心配だよ」僕は言った。自分の母親は時折、気にかけている程度だが、これが息子ではなく娘であったら、もっと神経質だったのではなかろうか。

「一度も遭遇したことないけどね、不審者に」

「それは何より」安斎は答えてからまた言葉を止め、「よし、それだな」と言った。

「それだな？」

「作戦を考えた。噂《うわさ》作戦だ」安斎は興奮を少し浮かべながら説明をはじめ、僕たちはきょとんとし、顔を見合わせる。佐久間の瞳がひどく間近にあり、どぎまぎとした。


朝、学校に到着すると、吹奏楽の練習が終わったところらしく、廊下で隣のクラスの女子と会った。彼女は、僕の家と同じ街区に住んでおり、幼稚園も一緒だった。今となっては名前もうろ覚えだが、その時、彼女が、「ねえ、加賀君、昨日の話、聞いた？」と声をかけてきた。

ランドセルを背負ったまま、僕が、「え？」と言うと、「昨日、佐久間さん、不審者に襲われそうになったんだってよ」と声を落とした。

「佐久間が？」

「それがほら、加賀君とかうちの近くのほうで。佐久間さん、あの酒屋の裏側、いつも塾に行くのに、自転車で通るんだって」

「へえ」僕は平静を装う。

「突然、出てきた男の人がわざと自転車にぶつかってきて。それで佐久間さん、転んじゃって、大変だったんだって」

教室に入ってからも同様の話が、あちらこちらで交わされていた。男は特別、乱暴を働くような素振りは見せなかったが、明らかに挙動不審な様子で、つまりは露出狂ならではの動きで、佐久間に近づいたようだ、と。

「なあ、加賀、知ってるか」授業が始まる直前、土田も、僕に言ってきた。「でも、どうやらそこで誰かが助けに来たんだってさ」

「へえ、誰なんだろう」

安斎と佐久間がどういった経路を狙い、噂を流したのかは定かではなかったが、僕が思い描いていた以上の速さで、噂が校内に広まっていた。おそらく、佐久間の母親も噂を広める役割を担わされたはずだ。

チャイムが鳴り、久留米が現れ、教壇に立った。分かりやすい恐怖政治が敷かれていたわけではなかったが、六年のそのクラスは、担任の久留米の登場とともに静まり、子供たちが着席する。

「もう、みんな聞いているかもしれないが」久留米はすぐに言った。「昨日、不審者が出た。うちのクラスの佐久間が目撃した」

誰が不審者に遭ったか、など、その名前を公表するのは適切ではないようにも感じるが、あれはもしかすると、佐久間自身が、母親経由で学校にそれとなく提案したためかもしれない。「不審者に遭って、何かされたのではないか」という疑惑を打ち消すためにも、「遭遇したが、無事だった」と教師の口から全員に、公式発表としてアナウンスしてもらったほうがいい。佐久間が母親に言い、母親が先生にお願いした。久留米も同意したのではないだろうか。もちろん、佐久間の本来の目的は、クラスで自分の話題を取り上げてもらうことにあった。

「佐久間、怪我《けが》はなかったのか」久留米が言うと、全員の視線が佐久間に向いた。

彼女ははきはきとしており、座ったままではあったが、「大丈夫でした。びっくりしたけど」と自然に答えた。

「誰が助けてくれたんだよ」と土田がそこで声を上げた。本来であれば、安斎が呼びかけるはずであったが、その手間が省けた恰好だった。

何の話だ、と久留米は訊ねなかった。すでにその噂も耳に入っていたのだろう。

すると佐久間が教室の真ん中あたりに体を向けた。「ええと」と少し言い淀んだ。「ええと」ともう一度、同じ言葉を繰り返した。「誰かは言えないんですけど、ちょうど通りかかったみたいで、『何するんだよ』ってびしっと言ってくれて」

へえ何だかすごいね、勇気ある人がいて良かったね、と佐久間の周りの女子たちがざわついた。

「で、ばんと相手を殴る感じで、追い払ってくれたんで、助かりました」

「ほう。それはまた、白馬の王子だな」と久留米は気が利いているのかいないのか分からぬコメントを発し、クラスが沸いた。

「ああ、そうかもしれませんね。意外でしたけど」佐久間は答えた。派手な反応ではなく、地味で何気ない態度であったが、あれは名演技と言えよう。意味ありげに語尾を濁すようにし、視線をさっとまたクラスの中央に向けた。当然ながら久留米をはじめ、クラスの子供たちもその目の先に何か意味があるのではないか、と注意を傾けることになり、そしてその先には、少し身を屈めるようにして、ちょこんと椅子に座る草壁がいたのだ。

草壁がどうかしたのか？　と誰もが思ったはずだ。

当の草壁は、安斎から事前に受けた指導に従い、教科書を大きく開き、あたかも、「無関係を装いたい」と思っているかの如《ごと》く、顔を隠す姿勢だった。そしてその右手の拳部分には、これ見よがしに、包帯が巻かれている。

僕は笑いをこらえるのに必死だった。

その前日、公園で、安斎が説明した、「噂作戦」とはこうだった。「敵の敵は味方、というだろ。その反対に、『自分の好きな人が好きなものは、自分も好きになる』という法則があるんだよ」

「意味が分からないよ」

「簡単に言えば、こうだよ。土田も久留米先生も、佐久間を評価しているだろ。そこで、佐久間が草壁を評価してみろよ。どうなる」

「土田と久留米先生が、草壁を好きになるってこと？」僕は訝《いぶか》りながら言った。

「好きになるかどうかは分からないけどな。ちょっと、見直す可能性はあるってわけだよ。佐久間を変質者から守った、なんて噂が流れてみろよ、ちょっとは、草壁を見る目が変わる」

そんなにうまくいくかなあ、と僕は半信半疑であったが、実際、クラス内に妙な戸惑いが広がったのは事実だ。

佐久間の思わせぶりなコメント、そして彼女の視線の先に座る草壁、さらには草壁の拳の包帯、それらが第三者の想像を刺激した。「まさかね」「もしや」という思いを少なからぬ子供たちが抱いた可能性は高かった。久留米もそうだったかもしれない。

「噂作戦は成功だ」

放課後、安斎は宣言した。目に見える形で、何かが変わった気配はなかったが、クラスの中に、「草壁を見直す引っ掛かり」を作ったのは、間違いがないように思えた。

ただ、僕からすれば、佐久間を助けたのが草壁であることなどリアリティが感じられない上に、「拳に包帯」の演出は、コントと言ってもいいほどの、あからさまな作為を感じずにはいられないのだから、どうしてみんなが、これが悪戯だと気づかぬのか、笑いださぬのか、それが不思議でならなかった。

「からくりを加賀が全部知っているから、そう思うだけだ」安斎は言った。「そうじゃない同級生にとっては、久留米先生にとっても、佐久間が嘘《うそ》までついて、草壁の評価を上げるなんて思いもしないだろ。理由がないし、目的も分からない。これが、もっと分かりやすいドッキリならまだしも、こんなまどろこしいのは、『変だな』とは思っても、仕掛けまで分からないよ」

はあ、そういうものかな、と僕は返事をした。

あの時の草壁は、この包帯をいつまでしていればいいか、とずっと気にかけていた。

「プロ野球選手が来てくれることになった」学校でその発表があったのは、絵画作戦が失敗に終わり、噂作戦が成功したすぐ後だった。記憶が正しければ、そのはずだ。

　プロ野球はペナントレースを終え、シーズンオフに入っていた。

　選手名が告げられると、クラス中がざわついた。野球のことをほとんど知らない僕は、思わず隣の草壁に、「その選手、有名なの？」と訊ねたが、彼は、「すごいよ。打点王」と目を輝かせているため、自分が恥ずかしくなった。

　打点王氏はチームの主軸として活躍し、充実した野球生活を送っていたため、心に余裕もあったのだろうか、自ら執筆した子供向けの絵本を出版したばかりだった。そのプロモーションのために全国各地を回り、学校に絵本を寄贈し、野球教室を行っているところだったのだ。

　僕たちの小学校は、くじによるものなのか、立地条件によるものなのか、それとも新聞社の、どうやら偉い人らしい土田の父親の力によるものなのか、理由は判然としないが、その対象校に選ばれた。

　野球に詳しくない僕ですら、一流の野球選手が体育館に現れた当日は高揚した。講演も楽しかった。小学生にも分かるレベルの、子供時代、授業中に眠らぬように工夫した話であるとか、少年野球で初めて試合に出た時に緊張のあまり三塁に向かって走った話であるとか、教訓めいたものよりもただの思い出話に終始していたからかもしれない。

　唯一、残念であったのは天気が悪く、予定されていた野球教室が中止になったことだ。

打点王氏もそのことは気にし、話の最後には、「本当は今日、晴れていれば外で野球教室をやる予定だったんだけれど、残念です」と言ったが、すると子供たちが露骨に、不満と残念さを口々に洩らしはじめた。いつもは自己主張をしない草壁ですら、ぶうぶう、と文句を垂れるほどだった。

校長先生や教師たちが、静かにするように、と声を張り上げるまでブーイングは続き、打点王氏は、「あ、でも、明日は晴れるのかな？　午前中、もし晴れていたら、明日来ますよ」と急に提案をした。

子供たちから拍手が湧く。草壁も驚くほど快活に手を叩いた。僕はといえば、「明日も雨だったら、どうするつもりなんだろう」と余計なことが気にかかっていたのだが、安斎はさらに、まったく別のことを考えていた。

「よし、これだ」と言った。「あの選手にお願いしてみよう」

「お願い？　どういうこと」

「次の作戦だよ」

おたおたとする僕のことも気にせず、安斎は思うがままに行動に移した。

講演が終わると、校長室から出てくる打点王氏を待ち構え、後を追ったのだ。どういうこと、と状況を呑み込めない僕は、安斎に引っ張られるようについていくことしかできなかった。

校門でタクシーに乗り込まれた時には、もう、選手には追いつけないな、と諦めかけた。けれど安斎が、「赤信号で停《と》まったぞ！」と雨の中に駆け出したため、慌てて続いた。

水たまりを踏みつけ、車道に出てタクシーに駆け寄ると、後部座席の窓に向かい、選手の名前を呼んだ。窓を叩くのはさすがにやり過ぎに思えたから、手を振った。雨で髪をびしょびしょにしながら、「○○さん！　○○さん！」と二人で、必死に声をかけた。自分がその選手の熱烈なファンであったと錯覚するほどだった。諦めかける直前、ドアが開いた。中から、「どうしたんだよ。とにかく乗りな」と打点王氏から言われた時には、感激のあまり涙ぐんだ。

「いったい、どうしたんだい」打点王氏は一人だった。球団関係者なのか、もしくは絵本の出版社の人なのか、学校で同行していた男性がいたはずだが、タクシーには乗らなかったらしい。僕たちは、選手の横から後部座席にぐいぐいと入った。閉めるよ、とタクシー運転手の無愛想な声がすると同時に、車が発進した。

「こんな風にやってこなくても、君たちの学校には、明日また行くよ。晴れたら、野球教室を」

テレビでしか観たことがないプロ野球選手は、目の前にすると体が大きく、僕たちは圧倒された。プロのスポーツ選手とはこれほどの貫禄《かんろく》に満ちているのか、と眩《まぶ》しさを覚えた。

「それなんです」安斎は強い声で訴えた。「その野球教室でお願いがあって」

安斎が考え出したのは、失敗した絵画作戦よりもさらに大それた計画だった。プロ野球選手を巻き込もうというのだ。

「同級生のことを褒めてもらいたいんです」安斎は単刀直入に言い、そこに至り僕も、彼の閃《ひらめ》いた計画について想像することができた。

「褒める？」

「うちのクラスに草壁って男子がいるんだけど、明日、野球教室をやる時、彼のスウィングを見たら、『素質がある』って褒めてあげてほしいんです」

「それは」選手は言いながら、頭を整理している様子だった。「その友達のために？」

「そう思ってもらって、構いません」安斎は曖昧に答えた。厳密に言えば、草壁のためではないからだろう。

翌日の野球教室のことを思い浮かべる。草壁がバットを振り、久留米が、「上手ではないな」と感じる。「やはり、草壁は何をやっても駄目だな」と再確認する。もしかすると実際に口に出し、「草壁のフォームは駄目だ」と言う可能性もある。そこで選手がやってきて、コメントをする。「君はなかなか素質があるよ」と。

するると、どうなるか。先入観がひっくり返る。

安斎の目論《もくろ》みはそれだろう。

「その、誰君だっけ」

「草壁です」

「草壁君は、野球をやっているの？」

僕と安斎は顔を見合わせた。「野球は好きみたいだけど」一緒に野球をしたこともなかった。

「どうなんだろう」

「草壁を今、連れてくれれば良かったな」

「でも、とにかく、草壁を褒めてあげてほしいんです」安斎は言った。雨で濡《ぬ》れたランドセルを背負ったままの僕たちは、車内をずいぶん狭くしていたが、選手は嫌な顔もせず、ただ、少し苦笑した。「もちろん、褒めてあげることはできるけど」

「できるけど？」

「嘘はつけないから。素質があるとかそんなに大きなことは言えないよ」

「素質があるかなんて、誰にも分からないと思いませんか」安斎は粘り強かった。「だったら、嘘とは限らないですよ」

選手は困惑を浮かべた。小学生相手に厳しい現実を教えることをためらっていたのだろう。「俺もプロだから、少しは分かるつもりだよ。素質や才能は一目瞭然だ」

「じゃあ、少し褒めるだけでも」安斎はさらに食い下がり、そうだねそれはもちろん吝《やぶさ》かではないよ、という言質《げんち》を取り、ようやく安堵した。

　それから僕たちは、安斎の家の近くでタクシーから降りた。選手は、「じゃあ、また明日」と優しい声をかけてくれた。

　タクシーが去った後、僕たちは家に向かった。安斎の住むアパートの前を通ったのは、その時が最初で最後だった。「じゃあ、うち、ここだから」と二階へ階段を上って行く安斎を、僕は特に意味もなく、ぼうっと見送った。お世辞にも立派とは言い難く、むしろ、ここで親子が暮らせるのだろうかと思えるほどの小さな部屋に見えた。玄関には補強のためなのか、ガムテープが貼られ、錆《さ》びた自転車が、餓死寸前の驢馬《ろば》のように横たわっている。鍵を開け、中に入っていく安斎の背中がとても小さいものに見えた。

　体の皮膚や肉が剝《は》がれ、心だけが晒《さら》され、乱暴に弾《はじ》かれる弦のように風に震わされる。そう感じるほど、物寂しく、心細い思いに駆られた。

　野球教室の日は晴れた。「日ごろの行いが良かったから」と校長先生は典型的な言い回しを口にし、「どうして大人はよくそう言いたがるのかな」と疑問に感じたが、とにかく前日とは打って変わり、快晴だった。

午前中の二時間、希望する子供はバットを持ち、校庭に出て、選手の指示通りに素振りの練習をした。

担任教師たちのいく人かは腕に覚えがあるのか、子供たちにまじりバットを振った。久留米もその一人で、いつも真面目な顔でチョークを使っているだけであるし、体育の授業でも笛を吹く程度であったから、運動が得意な印象はなかったのだが、学生時代は野球で鳴らしていたというのも嘘ではなかったらしく、美しい姿勢で素振りを披露した。「久留米先生、恰好いい」と女子から声が上がり、僕と安斎は顔を見合わせ、なぜか面白くない気持ちになった。

安斎も、僕と似たり寄ったりの、情けないスウィングをしていたが、途中で、「加賀、校庭でみんなでバットを振っているのは何だか変だよな」と言った。

「新しい体操みたいだ」

「みんなで振り回して、電気でも起こしている感じにも見える」

打点王氏は真面目な人だったのだろう、形式的にふらふらと歩き回り指導のふりをするのではなく、一人一人のフォームを見ては、肘や膝を触り、丁寧にアドバイスをした。

僕たちのいるあたりには、一時間もしてからやっと来た。

打点王氏は、僕と安斎に気づくと顔を少しひくつかせた。前日、タクシーに乗り込んできた二人だと分かったのだ。「昨日はどうも」と挨拶する様子で、笑みも浮かべた。「どれ、振ってごらん」と声をかけてくる。

僕は、うん、とうなずき、バットを構えたが、「うん、じゃなくて、はい、だろ」と横から指摘された。久留米が立っていた。スポーツウェア姿も様になり、打点王氏の隣に立つと、コーチのように見える。

「はい」僕は慌てて言い直す。ろくな素振りはできなかったが、打点王氏は笑うこともなく、「もう少し、顎を引いてごらん」とアドバイスをしてくれた。「体の真ん中に芯があるのを意識して」

はい、と答えてバットを振ると、僕自身は変化が分からぬものの、「うん、そうそう」と褒められる。安斎も、僕と似たような扱いを受けた。

そして、だ。安斎がいよいよ本来の目的に向かい、一歩踏み出す。「久留米先生、草壁のフォーム、どうですか」と投げかけたのだ。

久留米は不意に言われたため、小さく驚き、同時に、草壁がどうかしたのか、と醒《さ》めた表情も浮かべた。草壁がいること自体、忘れている気配すらあった。

草壁は、僕たちのいる場所から少し離れたところにいたが、打点王氏が近づいていくと緊張のせいなのか、顔を真っ赤にした。

「やってごらん」打点王氏が声をかける。

草壁はうなずいた。

「うなずくだけじゃなくて、返事をきちんとしなさい」久留米がすかさず注意をした。

草壁はびくっと背筋を伸ばし、「はい」と声を震わせた。

あたふたしながら、バットを一振りする。僕から見ても不恰好で、バランスが悪かった。腕だけで振っているため、どこか弱々しかった。

「草壁、女子じゃないんだから、何だそのフォームは」久留米の声は大きくはないのだが、低く、あたりによく聞こえる。近くにいた子供たちが、「草壁、女子みたいだって」と言い、土田か誰かが、「クサ子」と囃《はや》した。安斎が舌打ちをするのが聞こえた。

久留米が意図的に言ったとは思わぬが、確かに、そういった発言により、他の子供たちが、「草壁のことを下位に扱っても良し」と決めている節はある。

安斎は縋《すが》るような目で、打点王氏を見上げた。「草壁はどうですか？」と、草壁の名前をはっきりと発音し、昨日の依頼を想起させるように言った。

打点王氏は眉を少し下げ、口元を歪めた。このスウィングを褒めるのは至難のわざ、と思ったのかもしれない。

「よし、じゃあ草壁、もう一回、やってみなさい」久留米が言ったが、そこで安斎が、「先生、黙ってて」と言い放った。

久留米は、自分に反発するような声を投げかけた安斎に、目をやった。自分に向けられた槍《やり》の切っ先の形を、じっと確認するかのようではあった。むっとしているかどうかも分からない。

「先生がそういうことを言うと、草壁は緊張しちゃうから」安斎の目には力がこもり、声も裏返っていた。

「こんなことで緊張して、どうするんだ。緊張も何も」

「先生」あの時の安斎はよくも臆せず、喋り続けられたものだ。つくづく感心する。

「草壁が何をやっても駄目みたいな言い方はやめてください」

「安斎、何を言ってるんだ」

「子供たち全員に期待してください、とは思わないですけど、駄目だと決めつけられるのはきついです」

安斎は、ここが勝負の場だと覚悟を決めていたのかもしれない。立ち向かうと肚《はら》を決めたのが分かり、僕は気が気ではなかった。

打点王氏のほうはといえば、大らかなのか鈍感なのか、安斎と久留米との間で起きる火花を気に掛けることもなく、草壁のそばに歩み寄ると、「もう一回振ってみようか」と言った。

はい、と草壁は顎を引くと、すっと構えた。先ほどよりは強張りがなく、脚の開き方も良かった。

先入観を、と僕は念じていた。そのバットで吹き飛ばしてほしい、と。

もちろん草壁が、プロ顔負けの美しいスウィングを披露し、その場にいる誰もが呆気《あっけ》に取られ、いちやく学校の人気者になる、といった劇的な出来事が起こると期待していたわけではなかった。むろん、そのようなことは起きなかった。草壁の一振りは、先ほどの腰砕けのものに比べればはるかに良くなっていたが、目を瞠《みは》るほどではなかった。

安斎を見ると、彼はまた、打点王氏を見上げていた。

腕を組んでいた打点王氏は、草壁を見つめ、「もう一回やってみよう」と言う。

こくりとうなずいた草壁がまた、バットを回転させる。弱いながらに風の音がした。

「君は、野球が好きなの？」打点王氏が訊ねると、草壁はまた首だけで答えかけたが、すぐに、「はい」と言葉を足した。

「よく練習するのかな」

「テレビの試合を観て、部屋の中だけど、時々」とぼそぼそと言った。「ちゃんとは、やったことありません」

「そうか」打点王氏はそこで、少し考える間を空けた。体を捻り、安斎と僕に一瞥《いちべつ》をくれ、久留米とも視線を合わせた。その後で、草壁の肘や肩の位置を修正した。

草壁が素振りをする。

ずいぶん良くなったのは、僕にも分かる。同時に、打点王氏が、「いいぞ！」と大きな、透明の風船でも破裂させるような、威勢の良い声を出した。まわりの子供たちからの注目が集まる。

「中学に行ったら、野球部に入ったらいいよ」打点王氏は言い、そして、僕たちが望んでいたあの言葉を口にした。「君には素質があるよ」と。

自分の周囲の景色が急に明るくなった。安斎もそうだったに違いない。白く輝き、肚の中から光が放射される。報われた、という思いだったのか、達成した、という思いだったのか、血液が指の先にまで辿り着く、充足感があった。

草壁は目を丸くし、まばたきを何度もやった。「本当ですか」

久留米がどういう顔をしていたのか、僕は見逃していた。もしかすると、見てはいたのかもしれないが、今となっては覚えていない。

「プロの選手になれますか」草壁の顔面は朱に染まっていたが、それは恥ずかしさよりも、気持ちの高まりのためだったはずだ。久留米の立つ方向から、鼻で笑う声が聞こえたのもその時だ。何か、草壁をたしなめる台詞を発したかもしれない。

「先生、草壁には野球の素質があるかもしれないよ。もちろん、ないかもしれないし。ただ、決めつけるのはやめてください」

「安斎はどうして、そんなにムキになっているんだ」久留米が冷静に、淡々といなす。

「でも草壁君、野球ちゃんとやってみたらいいかもよ」佐久間がいつの間にか、僕たちの背後に立っていた。「ほら、プロに太鼓判押されたんだから」

草壁は首を力強く縦に振った。

恐る恐る目を向けると、打点王氏は僕の予想に反して、明るい顔をしていた。あれは、乗りかかった船、の気持ちだったのだろうか。それとも、先生と安斎とのやり取りから、嘘をつき通すべきだと判断したのか、そうでなければ、草壁の隠れた能力を実際に見抜いたのか、いやもしかすると、豪放磊落《ごうほうらいらく》の大打者はあまり深いことは考えていなかったのかもしれない。彼は、草壁に向かい、「そうだね。努力すれば、きっといい選手になる」と付け足した。

久留米はそこでも落ち着き払っていた。「何だかそんな風に、持ち上げてもらってありがたいです」と打点王氏に頭を下げた。「草壁、おまえ、本気にするんじゃないぞ」とも言った。「あくまでもお世辞だからな」

念押しする口調が可笑《おか》しかったからか、数人が笑った。場が和んだといえば、和んだが、わざわざそんなことを言わなくとも、と僕は承服できぬ思いを抱いた。

「先生、でも」草壁が言ったのはそこで、だ。「僕は」

「何だ、草壁」

「先生、僕は」草壁はゆっくりと、「僕は、そうは、思いません」と言い切った。

安斎の表情がくしゃっと歪み、笑顔となるのが目に入るが、すぐに見えなくなった。

なぜなら、僕も目を閉じるほど顔を歪め、笑っていたからだ。

野球教室が終わると、教室に戻ることもなく校庭で解散となった。記憶の場面ではそうだ。打点王氏が帰るのを、子供たち全員で拍手で見送った後で校長先生の挨拶があった。それから、みながばらばらに帰路についたのだが、僕と安斎たちはしばらく校庭に残っていた。

草壁が自主的に素振りをするのを眺め、それこそ、「プロ野球選手が褒めたから」という先入観があったからか、「言われてみれば、草壁の素振りはなかなか上手だな」と感心し、「もっと前から、正式に野球をやっていれば良かったじゃないか」と余計なお世話を口にした。

「でも、不思議なもんだよね」草壁はその日、水を補給された植物さながらに、急に活力を得たのかもしれない。喋り方も明瞭になっていた。「ちょっと褒められただけなのに、すごく嬉しい」と笑った。

「草壁、おまえ、本当にプロの選手になったらさ」横に立った安斎が言った。

「なれるわけないけど」

「いや、分かんないよ、そんなの」安斎が真面目な顔で言い返す。「とにかくさ、プロになったら、テレビに向かってサインを出してくれよ」

「サイン？　色紙にするやつ？」

「そのサインじゃなくて」安斎は言うと、指を二本出してみたり、ガッツポーズを取ったりと、ああでもないこうでもない、と体を動かしはじめた。

「それは何なの」草壁もバットを止め、疑問を口にした。

「いつか、おまえがプロ野球で活躍したとするだろ」

「たとえば、ね」僕は笑うが、安斎は真面目な顔だった。「その時、たぶん、俺たちは今みたいに毎日会ってるわけじゃないんだから、俺たちに向けて、合図を出してくれよ」

「合図？」

「活躍した後で、たとえば」安斎は自分の顔を洗う仕草をし、その後で、二本の指を前に突き出した。目潰しでもするかのように、だ。

「こういうの、とか」

「その恰好、何か意味あるの？」訊ねたのは僕だ。

「『顔を洗って、ちゃんと自分の目で見てみろ』ってそういう意味だよ。大人たちの先入観に負けなかったぞ、って俺たちにサインを送ってくれよ」

ああなるほどね、と草壁は目を細めて、聞いていた。

「たぶん、その時にはもう、草壁はプロで忙しくて、俺のことなんて覚えてないかもしれないけどさ」安斎は言った。あの時にはすでに、小学校卒業後に引っ越す、と決まっていたのだろうか。

「覚えてないわけないよ」草壁は当然のように言ったが、安斎は首を傾《かし》げるだけだ。その後で、「もし、久留米先生がテレビを観ていたら、驚くだろうな」と言った。「たぶん、つらくてテレビを消しちゃうぜ」

そこで僕は視線を感じ、はっと振り返る。すぐ後ろに久留米が立っていた。安斎も、あ、まずいな、という表情を浮かべたが、弁解を加えることはしなかった。

話が聞こえていたのは間違いないが、久留米はそれには触れなかった。かわりに何か、非常に事務的な、安斎の盛り上がりに水を差す言葉を発した。内容は覚えていない。

僕は、また草壁を眺めた。久留米の言葉など耳に入っていない様子であることに、心強くなる。プロ野球選手に褒められたことが、安斎言うところの、「教師期待効果」として彼に影響をもたらすのではないか。その時、僕は初めて、早く大人になりたい、と感じたかもしれない。

五年前、忙しい時間を縫い、地元にこっそりと帰ってきた草壁と居酒屋で会った。

「あの小六の時、安斎がいなかったら」と彼は酔っ払い、何度か言った。

小学校を卒業した後、当然のように同じ中学に行くものだと思い込んでいたが、安斎はあっさりと転校した。挨拶もなく、唐突にいなくなった。最初のうちこそ年賀状を送ってきていたが、ある年に、苗字《みようじ》が変わったことを書き記してきて以降は音信不通となった。

安斎の父親が、長い懲役で社会から離れている、と知ったのは、かなり後だ。世間でも大きな話題となった事件の犯人で、人の死も関係しているらしく、一時期はマスコミも騒いでいたという。安斎と母親はそのこともあり、住む土地を転々としていたのだろうか。

「そういえば、成人式で会った土田が言ってたよ」僕は話した。「東京の繁華街で安斎に似た男を見かけたんだって。土田は、安斎の名前も覚えていなかったから、『六年の時の転校生』って言い方をしてたけど」

「どんな感じだったんだろう」

「どこからどう見ても、チンピラみたいだったたって」

「安斎が、チンピラねえ。別人じゃないのかな」

「土田が言うには、親が犯罪者だから、人生を踏み外すのは当然のことなんだと」

「そうかなあ」草壁が間延びした言い方をし、それから、こう続けた。「俺はそうは思わないけどなあ」と。

彼がその言葉をごく自然に口にしていることに気づいたが、指摘はしなかった。

「安斎、どうしているのかな」草壁はその台詞を、飲んでいる間、繰り返した。ただ、「会いたいな」とは一度も言わなかった。それは僕も同じだった。その言葉を洩らした途端、永久に会えなくなるような、妙な予感があった。安斎と会うことは、望みとして口にするような、叶《かな》うかどうか分からぬものではないのだ、と思いたかったのかもしれない。

今の僕は、会社員としての生活に精を出し、与えられた仕事をこなすのに疲弊し、恋人とのすったもんだに心を砕き、時に幸福を感じ、日々の生活を過ごしていた。小学生の頃を懐かしむこともほとんどない。

時折、外出中に不意の雨に降られると、ランドセルを背負い、髪を濡らしながら、停車したタクシーに向かい、野球選手の名前を連呼しながら必死に手を振っていた自分を、そして隣にいた安斎のことを思い出す。

スロウではない

今

「ドン・コルレオーネ、どうして運動ができる人間とそうでない人間がいるんでしょうか」

「どちらかが偉いわけではない」

「でも、足が遅いと馬鹿にされます」

「馬鹿にするやつがいるのか」

「特に女子が馬鹿にしてきます」

「そんな女性がいるのか」「はい」

「では、消せ」

言った後で悠太《ゆうた》が噴き出し、僕もけたけた笑う。体育の授業中、校庭の隅に座っているところだ。ほかの同級生たちとは少し離れ、二人でぼそぼそと言い合っていた。映画『ゴッドファーザー』を僕は観たことがない。悠太が言うにはその冒頭で、マフィアのボス、ドン・コルレオーネにさまざまな人が依頼をしてくるらしい。ドン・コルレオーネは貫禄に満ちて頼りがいがあり、僕たちの悩みなんてあっという間に解決してくれそうだった、と悠太が言い、僕たちは時折、嫌なことがあると二人で、「お願いします、ドン・コルレオーネ」と、もやもやとした気持ちを発散させた。

用意ドンの合図とともに、同級生が走っていく。見るからに速く、太陽の日差しが眩しいせいか、その速さは輝いている。一緒にスタートしたはずの男子を、ぐんぐん引き離す。少し離れた場所にいる女子たちが、颯爽《さっそう》とした走りを眺めていた。

「ドン・コルレオーネ、やはり、足が速いとモテるんでしょうね」

「うむ。では」「はい」「消せ」

僕たちは、先ほど渡された自分たちの五十メートル走の記録に目を落とした。小学五年生男子の平均より遥《はる》かに劣るその数値は、僕たちの存在をとても小さく感じさせた。

「司《つかさ》は、僕より速いからいいな」悠太は言ってくれるが、その差は、〇・二秒くらいのもので、どんぐりの背比べもいいところだ。

「悠太は頭がいいんだから」

「頭が良くても、どうもクラスではぱっとしないんだよな」

悠太は中学受験をするのだろうか。気になりつつも、訊ねたことはない。受験の準備には塾に通うにもお金がかかるため、僕ははなから中学は公立だと決めていた。僕が決めたわけではなく、すでに決まっていた。学年でも半数以上が受験をするらしい、とは聞いていたが、悠太がいない状態で学校生活を送る自分を想像すると、体に空洞ができるような心細さを覚える。

「どうしたら速く走れるのかな」

「生まれつき決まってる部分もあるから、どうにもならない。遺伝だよ遺伝」悠太が嘆いた。

「よく漫画とかでさ、主人公が実は足に重りをつけていた、とか」

「ピッコロのマントみたいに？」

『ドラゴンボール』に出てくるピッコロは、重いマントを身に着け修行をし、戦いの時が来るとそれを脱ぐ。地面に落ちたマントが、どさっ、という信じられないほど重い音を立て、ピッコロはいよいよ本当の力を出すのだ。

自分のどこかに隠れたスイッチがあり、押した途端に邪魔な殻が剝げ落ち、万能の僕が現れないものかと夢想したくなる。

未来

「先生、小学生の頃は、運動ができないのは致命的だったんですよ」

僕は力強く主張する。小学五年から卒業までの二年間、担任だった磯憲《いそけん》に向かってだ。

あの時、ほとんど新卒で、若々しい兄貴分のようだった先生は、今や白髪がほとんどで貫禄に溢《あふ》れていた。磯憲とは、姓名を短縮した綽名《あだな》で、こうして向き合うと、やはり「磯憲」と呼びたくなったが、さすがに失礼ではないかと思うくらいには僕も社会人の作法を身に付けていた。

「昔は特にそうだったな。小学校の時はスポーツのできる子が人気者で、中学校になれば、面白い子や恰好いい子、高校になると、おしゃれな子がモテる。そんなものだよ」

「あの時も先生、そう言ってましたよ。僕と悠太が廊下で、運動会嫌だな、ともじもじしていたら、たまたま通りかかって」

「悠太、懐かしいな」

「覚えてるんですか？」磯憲もあれからたくさんのクラスを受け持ち、おおぜいの教え子と接してきたはずだ。

「全員とは言えないかもしれないが、意外に覚えている」

「僕たちみたいに目立たない、暗い生徒のことも？」

磯憲は笑う。「目立つとか目立たないとかは関係ない。ただ、司と悠太のことはよく覚えてる。あれは五年の時だったか？　リレーがあったじゃないか」

「ああ」僕は苦笑する。「悠太は走らなかったけれど」

「そうだったか。いつも二人一緒だったからな」磯憲は目を細めた。「あれはいい思い出だな。忘れられないよ」

ここだけの話だけどな。

五年の時、廊下で僕と悠太に、磯憲は言った。世界の秘密を教えてくれるような囁き声だ。

「大人になってモテるのは足が速い男じゃないんだぞ」

「え」悠太が訊き返した。

「全力で走る場面なんて、そうそうないしな。そもそも足の速さを見せつける機会がないんだ」

「じゃあ、大人になったら誰がモテるの」

磯憲は目を光らせ、「金を持ってるやつだ」と言うものだから、僕たちは、「まじか」と唸った。金持ちが最強、とは昔話や漫画の世界ではあってはならないことに思えた。

磯憲は微笑み、「でもな、最終的には、威張らないやつが勝つよ」と付け足した。

「威張らない?」

「威張ってるやつは最後は負ける」

「先生、僕たちは威張ってないよ」

「大人になっておまえたちがお金持ちになったり、有名になったりしても、威張らないほうがいいぞ」

そんなこと言ったのか、と白髪の磯憲は、僕に訊ねた。

「言いましたよ。おかげさまで、お金持ちにも有名にもならず、威張るきっかけもなく、大人になれました」

僕が言うと、磯憲は無言で表情を緩めた。

「でもあの時、悠太と言ってたんですよ」

「小学生の時？」

「足が速くて、しかも威張らない近藤《こんどう》君は無敵じゃないか、って」

「近藤、近藤修《おさむ》か。ああ確かにあの子は、運動ができて、威張らなかったな。今どうしているのか」

「どうせモテてますよ」僕が言うと磯憲が笑った。

今

五十メートル走は依然として続いている。一番背の高い近藤修が走ると、まわりから歓声が上がる。

学級委員を務め、僕たちにも優しく、見た目も悪くない。近藤修のようになりたい、と思ったことはなかったが、なぜならそのようなことを思うのは自身に対する裏切りだと分かっていたからだが、近藤修は学校が毎日楽しいんだろうな、と想像したことは何度もあった。

少しして悠太が顔を上げ、「あ、転入生、あの子、速いのかな」と言った。

つい先日、夏休み明けに転校してきた女子がスタートラインに立っていた。背が低く色白で、最初の挨拶も声が小さくてよく聞こえないほどだった。「声、聞こえません」と誰かが言うと、怯《おび》えたように体を縮こまらせたのが印象的だった。

「高城《たかぎ》さん、足が速いのかな」と今度は僕が言う。

女子の場合は、男子とはその切実さが違ってくるのかもしれないが、それでも運動ができるに越したことはない。みなから一目置かれれば、クラスでの居心地は良くなる。僕たち以外の同級生も、主に女子だけれど、それとなく高城かれんを気にしているのが分かった。

「これでめちゃくちゃ速かったら、渋谷《しぶたに》も焦るかもな」悠太が期待を口にする。

渋谷亜矢《あや》は女子の中心人物で、運動ができた。親が何の仕事をしているのかは分からず、お金持ちの娘だったとしても、不良あがりの両親の子供だったとしても、違和感がない。

「司、見ろよ。渋谷、めちゃくちゃチェックしている顔だぞ」悠太が言ってくる。

自分より運動ができるのかどうか、足が速いのかどうか、気になって仕方がないのだろう。

結果から言えば、渋谷亜矢の不安は杞憂《きゆう》に終わった。高城かれんは走り方こそしっかりしていたが、記録を見なくとも遅いのは明らかだった。

「残念」悠太が洩らした。

「渋谷はほっとしているだろうね」

「あと、村田《むらた》も」

そう言われて僕は、村田花《はな》に目をやった。走り終えた高城かれんと並び、座っている彼女は確かに、いつも暗い顔をしているにもかかわらず、どこか嬉しそうだ。

高城かれんが転校してくるまで、村田花はクラスでいつも一人きりでいる、つまりほかの同級生より秀でた部分がない上に、わいわい騒ぐこともできない女子だった。いわば僕と同じようなもので、違いといえば、僕には悠太がいる、という点だった。だから高城かれんがやってきたことは、村田花には幸運だったに違いない。

「ドン・コルレオーネ、どうして運動会なんてものがあるんでしょうか」

「困ったことがあるのか」

「くじ引きでリレーの選手に選ばれてしまいました」

「リレーはいつも、足の速い子が選ばれるのではないのか」

「渋谷亜矢がくじ引きを提案したのです」

「あの女か。うむ、では」「はい」「消せ」

選抜リレーは各クラスから二チームが出ることになっている。一チームが四人だから、八人が選ばれる。走るのが得意なメンバーを選ぶと五人程度はすぐに決まるが、それ以外はみな大差がなくなってくる。

機械的に、五十メートル走の記録によって上位から選んでいけばいいと思うのだが、六番目の男子が、「走りたくないよ」と言い出したことでややこしくなった。ではその次のタイムの男子が繰り上がるかといえば、その彼も、「俺だって嫌だよ」と言い出し、確かにそのあたりの記録となるとさほど大きな差はなかったため、「どうしてあいつが走らないのに、自分がやらなくてはいけないのか」と不満を抱くのは理解できた。

「それならもう、二チーム目はくじ引きで決めればいいんじゃない」渋谷亜矢が言い出すのに、さほど時間はかからなかった。「Aチームは速い人で勝ちにいくことにして、Bチームは何というのかな」

「思い出づくり？」渋谷亜矢といつも一緒にいる女子が合いの手のように言葉を挟む。

「そう、それ」

「だが、くじ引きは乱暴じゃないか。みんなで納得したやり方が」磯憲はさすがに冷静で、穏やかにそう言ったが、渋谷亜矢はさらに落ち着いており、「じゃあ、くじ引きでいいかどうかをまず、多数決で決めようよ、先生」と発言した。「民主主義でさ」

未来

「先生、僕はあの時、民主主義の欠点に気がついたよ」僕は、磯憲に言う。

「多数決は悪いか？」

「だって、速い順でBチームになりそうだった子たちは、ダメでもともとの気持ちでくじ引きに賭けるだろうし、そのほかの大半の人は、このまま決まらないと面倒だからって、くじ引きに賛成する」

「そうかもしれないな」

「そうなると、一部の本当に困る人たち、僕とか悠太とか、リレーの選手になったらつらくてつらくて大変なことになっちゃう少数の人たちの気持ちは届かないんだ」

「そんなに嫌だったのか」

よく覚えている。反対の人、という呼びかけの後、まずはじめに村田花が真っ赤な顔をして挙手した。心の底からリレーの選手は嫌だったのだろう。苦手な自己主張をしてまでも、くじ引きに反対したかったに違いない。村田花の勇気に引き摺《ず》られるように高城かれんも、俯《うつむ》き気味に右手を上に出した。それから僕と悠太がほぼ同時に右手を上に伸ばした。あとはぽつりぽつりと、やはり運動が苦手な子供たちが続いたが、多数決からいえば数えるまでもなく完敗だった。

「しかも、おまえが選手のくじを引き当てちゃったしな」

「そうですよ先生。あと、村田と。弱い人間はいつもそういう運命なんですよ」あのくじを引き当てた直後の、目の前が真っ暗になるほどの絶望を覚えた小学五年の自分に教えてやりたかった。大人になって笑って話せる時が来るぞ、と。

あとの二人は、足の速さでいえばそれなりの、すごく速いわけでもなければ遅いわけでもない同級生、佐藤《さとう》君と加藤《かとう》さんだった。

「先生、あの時どう思ったんですか。Bチームは遅くてまずいぞ、とか不安になりました？」

磯憲は、「いやあ」と肩をすくめた。「無事に決まって、よかったよかった、とほっとしていたよ。それだけだ」どこまで本当なのか分からぬが、体を揺すり笑う。

今

「ドン・コルレオーネ、どうせ負けるに決まっているのですから、練習をする必要があるんでしょうか」

「なるほど」

「いっそのこと当日、風邪でも引いて休んでしまいたいです」

「うむ」

「親に相談しても、そんなの頑張ればいいじゃないの、と言われるだけで」

「お母さんがか」「はい」「うむ。では」「あ」「どうした」「お母さんは消さなくていいです」

いつものような愉快な気持ちはなく、乾いた笑いが口から出るだけだった。

「家に帰ってゲームやりたいよ」校庭に出てきたところで僕は言った。

「だよな。放課後にどうして好き好んで、走らないといけないんだ」

「悠太は帰ってもいいよ」

「いや」

運動会を十日後に控え、各学年、リレーチームはおのおの練習をはじめるようになっていた。我らがBチームはもともと勝つつもりはなく、強いて言えば、怪我をせず走りきれればいいね、という目的しかなかったから練習をする必要も感じなかったが、さすがにバトンの受け渡しくらいは確認したほうがいいだろうとは、みなが思った。

「俺だけが選手にならなかったから、もちろん俺はほっとはしてるけど、でも、何だか申し訳なくて。だから練習くらいは付き合うよ」悠太は言う。そういうことを正直に、そのまま口にするところが悠太の良いところだった。

「別に、悠太だけ、じゃないよ。ほかにもリレーに出ないやつはいるし」

「そういう意味じゃなくて、俺と司の中では、俺だけ、だろ」

よくは分からなかったが、そう言われて嬉しかった。高城かれんも悠太と同じような居心地の悪さを感じているのだろう。村田花の横にくっついて、校庭にまで出てきた。

他の二人、佐藤君と加藤さんを中心にバトンの練習を繰り返した後で、ためしに走ってみることとなった。一周二百メートルのトラックに散り散りになる。本番は最初の三人が半周ずつ走り、アンカーが一周走ることになっていたが、まずは四人で一周をリレーすることにした。男子、女子、男子、女子の順で走る。以前は男子がアンカーと決まっていたらしいが、たぶん誰かが、男女を平等に、と声を上げたのかもしれない。

僕は第三走者だった。村田花からバトンをもらうと土を蹴る。腕を大きく振ったほうがいいとは聞いたことがあったから、今までやったことがないほどに振った。息が切れ、もう無理だと思ったところで加藤さんが見え、バトンを渡す。

ぜえぜえと呼吸を整えながら集合する。

「うーん」と佐藤君が難しい顔をして、「まあ、こんなものだよな」と横にいる加藤さんを見る。「だねえ」と彼女も応じた。

彼ら二人の速さに比べ、僕と村田花は明らかに遅く、全体のタイムの足を引っ張っていたのは事実だった。が、彼らはそのことを嫌味たらしく指摘することはなく、「こっちはさ、転ばずに走ることを目標にしよう」と言ってくれたのだから優しい。

優しくない人物は、別にいた。少し離れたところで練習をしていた渋谷亜矢だ。僕たちの横を通りながら、「大丈夫？　そんな感じだと一周差とかついちゃうよ」と言ってきた。嘲《あざけ》るのではなく、「遅いと目立っちゃうけど、大丈夫？」と心配するような素振りで、こちらの不安を煽《あお》った。

「じゃあ、渋谷がこっちに入ってくれよ」と佐藤君が言う。

「駄目だよ。そうしたらどっちも、そこそこの速さになるだけで、共倒れでしょ」

そうだよね、と別の女子が相槌を打つ。ご機嫌取りみたいで僕は不快に思ったが、何も言い返せず下を向いて、靴で校庭の土を削っているだけの自分のほうが情けないことも分かっていた。

「あ、あの」高城かれんがそこで声を出した。

「え？」

「渋谷さんが走り方とか教えてあげたら」と言った。「どうかな」

村田花のためを思ったのかもしれないが、高城かれんは言いにくそうでありながらも、しっかりと声を出した。

「わたしが？」渋谷亜矢は一瞬、驚いた顔をした後で、満面の笑みで手を左右に振る。

「無理無理。わたし、走り方とかよく分からないから。自分では走れるんだけど、教えたりは無理」

「そうかあ」高城かれんが残念そうに言ったが、どうやらその口調の中に非難めいた色を感じたのか、僕はもちろんそのようには感じなかったのだけれど、渋谷亜矢は敏感なのだろう、「高城さん、わたしが悪いの?」と突っかかった。

「え、そういうわけじゃ」

「前から思っていたけど、高城さん、よくわたしのこと何か言いたそうに見てるよね。気に入らないのかな」

「そんなことはないよ」高城かれんはかぶりを振る。「わたし、そんなことは」

渋谷亜矢は芝居がかったやり方で肩をすくめると、「まあいいけど」とその場から離れかけた。

が、そこで僕たちがあまりにしょげ返っていたからだろうか、高城かれんは、「みんなで練習して、少しでも速くなれるようにしよう」と言った。「走る順番もいろいろ入れ替えてみたり」張り切った声でもなく、隣にいる村田花にぼそっと言っただけだったのだが、耳がいい上に感受性が豊かな渋谷亜矢は立ち止まり、戻ってきた。「それって、わたしたちに対する嫌味?」

「え」責められた高城かれんはぎょっとしていた。「そんな」

「そんな感じじゃなかったよ」村田花が答えた。抗議というよりは必死の弁明に近い。

「単に練習しよう、ということだよ」僕たちBチームの中で最速の、とはいえAチームに比べれば遅いのだけれど、佐藤君が加勢するように言ってくれた。それを心強く思ったわけでもないのだろうが悠太も、「いちいち怒らないでも」と洩らした。

　そのあたりがきっと良くなかった。Bチーム全体が抵抗してきたように、渋谷亜矢は感じたのかもしれない。歴史漫画に出てきた農民一揆《いっき》を僕は思い出したけれど、彼女はその兆しのような危機感を覚えたのだろうか。

　むっとした顔で、わざとらしく溜め息を吐《つ》くと、「あのさ、高城さんって、前の学校からどうして転校してきたの？」と訊ねた。

　いったいどういう質問か、と僕は少し拍子抜けした。転校に理由があるとすれば、親の転勤くらいだろう。訊くまでもないことをわざわざ口にする意図が分からない。

「そんなの訊いて、どうするの」と悠太が言う。

　転勤でしょ、と思いながら僕は、高城かれんに目をやったが、すると彼女が青褪《あおざ》めているものだから、どうかしたのかと驚いた。貧血で倒れるのかと思った。分かりやすいほどに動揺し、隣の村田花をちらちらと見る。

　大きな弱点を突かれたような反応だったが、実際、渋谷亜矢は、その大きな弱点を狙ったのだろう。

「逃げてきたんでしょ？」とそう言った。

「え」と小さく声を上げたのは村田花で、高城かれんはますます青くなり、喘《あえ》ぐ魚のように口をもごもごさせる。

「いじめられて、転校してきたんでしょ」

「え、そうなの？」もともと知っていたのか、それとも初めて知ったのか分からぬが、渋谷亜矢の横で二人の女子が大袈裟《おおげさ》に驚いている。

「わたし、お母さんに聞いたんだよね。学校から内緒で話を聞いたみたいよ」

動揺する高城かれんの様子に満足したのか、渋谷亜矢は立ち去っていく。

残った僕たちBチームはしばらく黙っていた。「そうなの？」と高城かれんに確認することもできない。村田花もショックを受けていたから初耳だったのだろう。内緒になってないじゃん、と悠太が呟《つぶや》く。

高城かれんは持病の発作が出たかのように、おろおろしていたが、「わたし今日は帰るね」と言うと申し訳なさそうに帰った。

「ドン・コルレオーネ、いじめられて転校してきた子がいるのですが」

帰り道、悠太と二人きりになったところで僕は言った。

「なるほど」

「どうして、いじめは起きるのでしょうか」僕は言ったが、僕と悠太はまだ、いじめられた経験はなかった。見下されることはあるものの、集中攻撃のような被害はない。たぶん、同級生たちに分別があるからだろう。

「いじめっ子は許すことができない」「ええ」「うむ。では」「はい」「消せ」

未来

渋谷亜矢のこと、覚えてますか？　と言うと磯憲は少し首をひねり、記憶をたどる顔になった。目立つ存在で、クラスの中心にいた彼女であるから、よく覚えているだろうと思っていたため、その反応は意外だった。しばらくして、「ああ、渋谷亜矢か。厳しい人だったな」と懐かしそうに言う。「実は、渋谷亜矢みたいなタイプの子はいつの時代も、毎年というわけではないけれど、いるんだよ。頭が良くて、口が達者で、リーダーになるような」

「へえ」

「だから、印象がむしろ散漫になっちゃうんだ」

「『ドラえもん』のジャイアンと、『キテレツ大百科』のブタゴリラの区別がつかないような感じですかね」

磯憲は笑って、「ブタゴリラ君は、そんな綽名をみんなに許している時点で、寛容で、大物だよ」と言う。

「確かに」僕も言ってしまうが、磯憲ははっとして、「それはそれでブタやゴリラに失礼か」と気にした。

「あの時、先生に訊いたのを覚えていますか？」

「覚えてますか、覚えてますか、と記憶力のテストをされているみたいだな」

「放課後、先生のところに行って、『高城さん、前の学校でいじめられて転校してきた、って本当ですか？』と訊ねたんですよ」

「何と答えたのかは覚えていないけれど。急に質問されて、驚いたのは覚えてる。俺は白《しら》を切ったんだっけ？」

　僕の頭には、その時の磯憲の反応が比較的、鮮明に残っている。

「『もし、高城がいじめられっ子だったとしたら、何か変わるか？』と僕たちに訊いてきました」

「質問に質問で返すのは良くないんだがな」磯憲が苦笑する。「司たちは何と答えたんだ」

「覚えていません」僕は笑う。実際、あの時、何と答えたのかは思い出せない。ただ、磯憲に言われ、「何が変わるのかといえば何も変わらないな」とは思った。「先生はその後、『転校してきて、やり直そうとしているんだったら、やり直させてやりたくないか』と言いましたよ」

「いいこと言うじゃないか、昔の俺は」磯憲は表情を緩めた。

「あのリレーどう思っていたんですか」

「どう思っていた、とはどういう意味だよ」

「僕たちBチームがビリになるかどうか」

「まあビリにはならないと思っていたぞ」

「他のチームが転ぶことを期待して？」

「司たちは一生懸命練習していたからだ」

「練習、そうですね。フォーム改造にまで取り組みましたから」僕は急に、頭上から太陽の日差しが照ってくるように感じた。今はもう夜だと言うのに。小学生の自分たちが校庭で練習を繰り返した時期の、暑かった日々のことが頭を過《よぎ》ったのか、もしくは、あの時の僕たちの必死さが眩しかったのか。「高城さんが調べてきたんですよ。速く走る方法を」

今

放課後の練習は嫌だった。走ることが苦手な上に、「あいつら、必死で頑張ってるぞ」とまわりから笑われるのが怖い。実際にそう笑われているかどうかは分からないが、そういう気持ちになった。

「わたし、調べたの」高城かれんが言ったのは三度目の練習の時だった。

「何を？」

「速い走り方を」

僕たちは校庭の隅で顔を寄せ合っている。高城かれんは自由帳を開いた。彼女が書いたと思《おぼ》しき、鉛筆の文字がぎっしり詰まっていた。

「高城、字うまいなあ」佐藤君が感心した。

「本当だ」加藤さんもうなずく。

高城かれんは、「え」と急に褒められたことに動揺した様子だった。少しして、「ありがとう」と答える。村田花も嬉しそうに、「高城さん、字、ほんと綺麗《きれい》」とうなずく。

高城かれんが仕入れてきたのは、「人の体の特性に合った走り方をすること」というノウハウだった。

前傾姿勢になったほうが力が出るタイプや、後傾、かかとのほうに重心があるタイプがあり、その中でもさらに、体の重心が、内側にあるのか外側にあるのか、でも分類できるらしい。

後ろに重心がある体の場合には、前傾姿勢でスタートを切るよりは、むしろかかとをつけた状態から地面を蹴るほうが力が出せるという。

「ええと、それぞれのタイプの見分け方があって」

高城かれんは何度も家で確認をしてきたのだろうか、一生懸命に、僕たちに教えてくれた。体のタイプの見分け方はかなり難しく、みなで座ったり起き上がったり、体を引っ張り合ったりして判断するのだが、正確な分類ができているのかどうかは怪しかった。とにかく、それぞれの体の特性に合わせ、腕の振り方、地面の蹴り方を練習する。選手には選ばれていない悠太も興味津々で、一緒に走った。

一通り練習をした後で、ためしにやってみよう、とみなでコースを走ってみることになった。

高城かれんがスタートの合図をし、ストップウォッチを押す。それまでは、僕たちのような遅いチームがタイムを気にすること自体が粋がっているようで恥ずかしかったが、その時は、僕も興味があった。走り方を変えて、どの程度、タイムに影響があるのか。

みなでバトンをつなぎ、アンカーがゴールすると同時に高城かれんのもとに駆け寄る。記録を見て、僕たちは、「おー!」と声を上げた。それまでよりもずいぶん速くなった。

「すごいすごい、と村田花は興奮し、「高城さん秘伝の教えのおかげだ」と加藤さんも喜んだ。

「秘伝じゃなくて、インターネットにあっただけだから」高城かれんは手を左右に振った。

「いや、これは楽しみになってきたな、運動会」佐藤君が言ったので、僕は慌てて、「さすがにそこまでは」と言った。「楽しみなんかじゃないよ」

よしスタートの練習だけでももう一度やろうか、と加藤さんは言ったがそこで高城かれんを見た後で、「それ」と指を差した。「ネックレス？」

「あ、これは」高城かれんはすぐに自分の首に手をやる。細い鎖がかかっており、引っ張ると服の中から小さなアクセサリのようなものが現れる。「お守り」

「お守り？」

「そうなの。大事な」高城かれんは言い、そのアクセサリ部分をぎゅっと握った。

「それって、中に大事な人の写真が入ってるとか？」佐藤君が言う。

高城かれんは、「うん」とは言わなかったものの否定はしなかった。「これがないと不安だから、先生にも許してもらったんだけれど」

僕たちは、「へえ」と言うだけでそのことについては何も触れなかった。彼女がいじめられていた、という話を知ったからか、きっとつらいことを思い出した時にはそういったグッズがあったほうがいいのだろう、と思ったのだ。

「ねえ、楽しそうに喋ってるけれど、ちゃんと練習してるの？」急に後ろから声がし、振り返ると渋谷亜矢が立っていた。

わ、出た、と思わず声を上げそうになる。

「今さ、高城さんの教えのおかげでタイム良くなってきてるんだよ」

佐藤君は裏表のない、素直な人だから正直にそう言ったが、僕は、「そんな風に言ったら、きっと渋谷は不愉快になるぞ」と察した。

案の定、渋谷亜矢は、「教えって何それ」と小馬鹿にした言い方をした。

「あ、わたしの教えじゃなくて、ただ調べたら書いてあっただけで」高城かれんはひたすら低姿勢で、言葉を選びながら答えている。

僕は悠太と顔を見合わせた。面倒臭いな、と悠太が言いたげなのは伝わってくる。

「そんなに調子いいんだったら、ビリにならないでよね」

「そんなこと言われても」そうすぐに答えていたのは僕だった。

まさか僕に反論されるとは思ってもいなかったのか、渋谷亜矢は不機嫌丸出しの顔になり、目を三角にした。「ビリになったら、謝ってよね」と力強く言う。

「謝るって誰に」佐藤君と加藤さんの声が重なるが、その時はすでに渋谷亜矢はほかの女子と一緒に背中を向け、校舎に戻り始めていた。

僕たちはやや暗い気持ちで顔を見合い、少しして、「あとちょっと練習しようか」と誰からともなく、言うことになった。

「何だよ渋谷、厳しすぎるよな」悠太が口を尖らせる。「あれ絶対、親の真似だよ」

「そうなの？」村田花が訊き返す。

「分からないけど、あんな言い方が渋谷のオリジナルとは思えない。誰かのリメイクだ」悠太の言葉に僕は笑ったが、ほかのメンバーは首をひねるだけだ。

ビリになったら謝る、とはかなり理不尽なお題だったが、目標ができると人はそれなりに張り切るのかもしれない。僕たちは、「ビリにはならないように」を合言葉に、それまで以上に練習に精を出した。

「ドン・コルレオーネ、我々を見下している者がいます」

「誰だ」

「渋谷亜矢というのですが」

「女か」「はい」

「まあ、相手にしなければいい。おそらく可哀想《かわいそう》なやつだ」

「ドン・コルレオーネ、さすがです」

「最後に笑うのは」「はい」「我々だ」

帰り道、僕と悠太のあいだのゴッドファーザー風の会話も、心なしかテンポよく弾んだ。

未来

「先生、僕たちが職員室に行って、泣いていた時のことを覚えていますか」

「僕たち、というのは」

「僕と悠太、それから村田花です」

「どうして泣いていたんだったか」

「さては覚えていませんね」僕がからかうように言うと磯憲は、「さすがに細かいことまではなあ」と申し訳なさそうに言った。「泣いたことなんてあったか？」

「運動会の後です。悔しくて、先生に抗議したんだけれど。正確には、村田花が抗議して、僕たちは付き添いのようなもので」

「ああ」磯憲の顔が明るくなった。「思い出してきたぞ。村田花が珍しく大きな声を出して、涙交じりに訴えてきた」

「そうですそうです」村田花の必死さを横で眺めていたら、釣られるようにして僕と悠太も泣いていたのだ。友人の高城かれんを守るために、村田花は一生懸命だったのだろう。「あの時、彼女は先生に、わたし、大人になったらどうなるの？　と言ったんですよ」

　そして、「先生、前にトランプで占いやってくれたけど、わたしがどうなるのか占ってください」と言ったのだ。

「どうしてそんなことを言ってきたんだろうな」

「たぶん、あの時の彼女はつらいことばっかりだったんですよ。だから、未来が真っ暗に思えたのかもしれません」

当時、磯憲ははじめ、村田花の剣幕に圧《お》されながら、「ちょっと落ち着け」と宥《なだ》めていたが、やがて目の前の子供たちの深刻さを感じ取ったからか、「分かった」とうなずいた。机の引き出しをがらっと開けた。僕たちは先生の机の中など見たことがないから興味津々だったのだが、そこからトランプを取り出した。

そして、僕たちを立たせたまま、トランプを机の上に並べ始める。いくつかの山を作ると、村田花の生年月日を確認し、数をカウントし山を崩していった。

「先に言っておくけどな」磯憲は真面目な口ぶりだった。

「はい」

「先生の占い、本当に当たるぞ」村田花をじっと見つめた。「もし、つらい結果が出たらどうする」

「大丈夫です」村田花は即答した。「だって、今がよっぽど」

よっぽどつらいから、と言いたかったのだろうか。僕のほうが緊張した。

最終的に何のカードが出たのか覚えていないが、磯憲がその結果を、トランプをじっと見つめ答えたのは印象に残っている。

村田花が、「どうですか?」と訊ねた。

「笑ってるぞ」磯憲の答えははじめ、短かった。

「笑ってる？」

「未来のおまえは笑ってる」

「何ですかその占い」村田花は自分の真剣さが茶化されたかのように、むっとした。今まで彼女が見せたことがないほどの怒りが滲んでいる。

「大人になったおまえが笑っていることは、占いで分かった。どうだ、想像できるか？」

村田花は言い返そうとした言葉を呑み込み、黙った。それから、かぶりを振った。

「どういう意味ですか、先生」

「今、おまえは泣きたいかもしれないが」

「先生、もう泣いてますよ」悠太が笑う。

「だけど、大人になったおまえは笑ってる。それは間違いない」

村田花は考え込むような顔になった。唇を嚙み、必死に頭を働かせていたのだろう。やがて、「どうすれば、そうなれるんですか」と磯憲に詰め寄った。「どうすれば、わたし、そういう大人になれるんですか」

「どうもしなくて大丈夫だ。おまえがこのまま大人になればそれでいい」

「そんな」

「悪いけどな、この占い、当たるぞ」

それから、僕と悠太の誕生日を訊かれたのだが、占ってもらうのも怖くて、尻込みしたのだった。

「あの時は」僕は、磯憲に言う。「煙《けむ》に巻かれたような気持ちにもなったんですけど」

「煙に巻いたんだよ」

「でもあれから、歳《とし》を取って、思い返すと」

「歳を取るって、まだまだ若いだろ」

「いくら今つらくても、未来で笑っている自分がいるなら、心強いだろうな、と思いました」

そうか、と磯憲は穏やかにうなずいた。

「あれは、でたらめだったんですか？」

「申し訳ないが、あれは由緒正しい」磯憲は真顔で言う。「正真正銘のでたらめだ」

今

運動会の日は快晴だった。太陽が照り、暑さと眩しさとで、日なたにシートを敷いていた保護者の肌がじりじりと焼けていくのが分かるようだった。

校舎側に立てられたテントには来賓が座っているが、彼らも暑そうだ。頭上に張られる万国旗をもっと大きくして、日よけにできればいいのに、と思う。

競技は着々と進み、午後になった。近づいてくるリレーの出番に、自分の鼓動がどんどんと速くなるのが分かる。

昼食を食べている時、母は、「そういえば、リレーはいつ走るの？」と訊ねてきた。関心があったのか、と驚いたが、タイムスケジュールを伝えた時にはすでに興味を失っているようだった。

学年ごとのリレーは終盤に用意されており、「選手は入場門に集まるように」とアナウンスが流れたあたりが、僕の緊張のピークだった。ふわふわと宙を歩くような心もちで、むしろ夢の中にいるような気分になりはじめ、地に足がつかなくなり、自分が緊張していることすら把握できなくなったのだ。

自分のスタート地点へ移動し、配置につく。椅子に座った子供たちが囲んでいる。リレーの際、僕はいつもそちら側、ただの観客であったから、参加者側に立つ今が奇妙に思えてならない。古代ローマの闘技場を思い浮かべた。観客たちに眺められ、命がけで戦わなくてはいけないような心境だ。

ふわふわ中の僕を、現実に引き戻してくれたのは、同じ第三走者として近くにいた近藤修だった。

「村田、大丈夫なのか？」準備運動の屈伸をしながら、僕に言ってきたのだ。

「え」

「ほら、なんかあっちで足、気にしてるけど」

近藤修が指差したのは、僕たちの反対側、半周先の位置だった。第二走者と第四走者はそちらから走るのだが、村田花がしゃがみ込み、右足の靴を脱いでいた。足首あたりを触っている。

「怪我？」

「かもしれないぞ。綱引きで転んでただろ」

僕はその場面を見ていなかったが、村田花の様子が緊急事態であるのは確かだった。選手ではないはずの高城かれんが、いても立ってもいられなかったのか、村田花の隣にいて、その足をさすっている。

せっかく、という言葉が頭を過った。せっかくあんなに練習してきたのに。

音が鳴った。

リレーがはじまったのだ。こちらの準備もできていないうちに、だ。

第一走者の佐藤君が走り出した。力強いフォームで上位集団についている。半周はあっという間に終わり、バトンは加藤さんに渡った。

あれ、と僕は思う。おそらく第一走者の佐藤君も動揺したはずだ。

次に走るのは村田花のはずだったからだ。どこで順番が変わったのか。村田花の怪我のせいだろうとは想像できたが、その村田花をアンカーにする意味があるとも思えない。もしかすると、加藤さんが二回走るつもりなのか、と僕は想像した。

気づけば僕は、仕切っている教師に呼ばれ、指示を出されるがままに、呼吸を落ち着かせながら、走行レーンに立っている。鼓動は痛いほどだ。後ろを見れば加藤さんが三着でやってきた。各クラスから二チームずつ参加するため、全部で六チームとなっている。一着で来たのは僕たちのクラスのAチームだった。Aチームの近藤修がバトンを受け取り、地面を蹴った。あっという間に遠くへ行ってしまい、僕は取り残される。

落ち着いて深呼吸をしようと思った瞬間、目の前にバトンが突き出されていた。加藤さんの手だけが見える。手でバトンをつかむと、胸にどくんと響きがあった。急に周りが暗くなり、反射的にその場にしゃがみたくなるが踏ん張る。かかとに重心をやりながら地面を蹴り、練習通り、腕は体の後方に引く際に力を入れた。

視界が狭い。走っているトラックがとても細くてレールのようだった。

まわりにいる子供や保護者が声を上げている。が、彼らの被る帽子やゼッケン、構えているカメラはぼんやりとしか見えない。どんどん後ろに流れていく。自分の足が、やたらめたらに地面を叩くが、その感触が分からない。カーブで体が傾いていた。

前を行く走者の背中がちかちかと見える。追いつけ追いつけ、と頭の中の僕が必死に声を出している。

先のほうで近藤修がアンカーの渋谷亜矢にバトンを渡すのが見えた。さすがに速い。息が切れ、悔しさを感じることも感心する余裕もなかったが、そこで渋谷亜矢がつんのめるのが見えたものだから、驚いた。少しつまずいたのだ。

行け。張り切ったというよりも、僕はとにかく必死だった。頭の中全体が呼吸をするようで、何も考えられない。手足を動かし、がむしゃらに駆けた。

抜かれたくない一心だった。

直線に入れば、おしまいはすぐそこだ。

バトンを持つ手を意識しながら村田花の姿を探す。

村田に渡さなくちゃ、村田に、と思ったところで、村田花の姿がないことに気づき、唖然とした。

村田花がいない。

僕の頭の中で、音もなく混乱の思いが充満する。何がなんだか分からない。いたずらなのか？　僕を困らせて、誰かが笑っているんじゃないか。

暗い想像が僕の全身を回った。

「こっち」と声をかけられたのはその時だ。

第四走者が立つ場所で、高城かれんが手を振っていた。

どうして高城かれんが？　選手じゃないのに。

「こっち！」

悩んでいる暇はない。必死に手を伸ばす彼女は真剣で、僕も無我夢中で、左手を精一杯伸ばしていた。

バトンを彼女の右手に置いた瞬間、僕はそのままよろけながらトラックの中に入り、しゃがみ込む。レースがどうなっているのかと気に掛ける余裕はなく、息を整えていた。が、まわりから急に喚声が大きく上がり、それはどよめきのようなものであったから、さすがに顔を上げずにはいられなかった。

高城かれんが力強く走っていた。

テントの中でマイクを握る放送係の女子が、「速い速い」と興奮した声を出している。

僕は口をぽかんと開けたまま、動けない。

彼女はぐんぐんと速度を上げ、あっという間に二位の子を追い越し、渋谷亜矢との距離を詰めたと思うと、何事もないかのように抜き去り、直線を疾風みたいに駆けた。

うわあ、と僕はただひたすら呆気にとられた声を発するほかない。

高城かれんは最後のコーナーを曲がると、失速することなくゴールテープを切った。

僕は声が出せず、走ったばかりで足腰がへなへなしていたせいもあるけれど、その場で這《は》うように村田花のそばに行く。手を口に当て、泣いている表情を見れば、彼女も、高城かれんの俊足については知らなかったのだと分かった。

高城かれんは喜んではいなかった。肩を落とし、とぼとぼと戻ってくると、「ごめんね」とだけ言った。代走したことを謝ったのか、今まで足の遅いふりをしていたことを謝罪したのか、理由は分からぬが、彼女は怯えているようだった。佐藤君や加藤さん、そして悠太が駆け寄ってきて、高城かれんに感動の言葉をたくさんぶつけたが彼女は肩をすぼめていた。

そして、どうなったか。

僕たちは失格となった。

登録されている選手とは違う児童が走ったからだ。もちろん、本格的な記録会でも大会でもなく、ただの運動会であるのだから、代役が走ることなど誰も気にしていなかったのだが、渋谷亜矢だけが気にした。僕たちに負けたことを認めたくないがために、気にすることにしたのだろう。猛然と先生たちに抗議し、おまけに彼女の母親までやってきて、主張を押し通した。各クラスの総得点に関して言えば、そこで僕たちのチームを失格にしても、全体の勝敗は変わらなかったことも大きかったはずだ。リレーの順位を少し入れ替えたところで影響はなかった。

影響があるとすれば、一位から失格に転落した僕たちBチームの「気持ちの問題」くらいだった。

だから、村田花は職員室に泣きながら、抗議に行った。僕と悠太も付いていき、最後には磯憲のトランプ占いを見ることになったのだが、その帰り道で悠太は言った。

「司、今日の高城かれんは驚いたよな」

「そうだね。あんなに速かったなんて」

「恰好良かった」

「ほら、あれこそ」僕は声を高くする。「ピッコロがマントを脱いだ感じだ」

「それだ」悠太は言った後で、「でも、どうして、遅いふりをしていたんだろ」と疑問を口にした。

彼女の気持ちが少し分かる気がした。僕が足がすごく速かったとしたら、悠太は一緒にいてくれないかもしれない。悠太がすごく俊足だったなら、僕は気後れして、自分が情けなくなったはずだ。つまり、そういうことなのではないか。

運動会以降、高城かれんを取り巻く空気は少し変わった。同級生たちが一目置くようになったのだが、だからといって、高城かれんがクラスの中心人物になることもなく、前と変わらず村田花と一緒にいる。

そしてそれは、運動会が終わり、半月ほど経《た》った頃に起きた。

やはり、事を起こしたのは渋谷亜矢だ。掃除の最中だった。

「これ、誰の？」と非難する声を発した。見れば渋谷亜矢は右手にアクセサリを持ち、上に掲げている。

　僕はすぐにそれが、高城かれんが首からぶら下げていたものだと分かった。隣にいた悠太もすぐに、「あ、あれ」と洩らす。

　何かの拍子に落ちたのだろう。高城かれんが、「ごめんなさい、それわたしの」と小さい声を出した。受け取るために、歩を進めた。

「ちょっと、こういうの持ってきていいの？　アクセサリは駄目でしょ」

「それ、先生にも許可をもらって」高城かれんは顔を引き攣《つ》らせ、手を伸ばすが、渋谷亜矢は取らせまいとアクセサリを遠ざける。

「返して」「没収だよ、これ」「だって先生に。お守りだから」「お守りって、何それ」

「返して」「返してください、と言えば？」「返してください」

　おいやめろよ、と誰かが言い、残念なことにそれは僕ではなかったが、その一言に便乗するように、「やめなよ」と続けたのは僕だった。悠太も言った。「返してやればいいじゃん」

「関係ない人は黙っててよ」渋谷亜矢がぴしゃりと言う。

「関係なくはないだろ」悠太が言い返した。「というか、そういうのやめろよ」

「そういうのって何」

「誰かをいじめたりすることだよ」悠太は覚悟を決めたのか、ここは撤退しないと決意したのかもしれない。重いマントを脱ぎ捨てたかのような軽やかさすらあった。

「いじめてないでしょ。これ、学校に持ってきちゃいけない、ってだけで。どうして、そんなこと、わたしが言われないといけないの？　高城さんが前の学校でいじめられてたから？　いじめられたほうにも原因があるかもしれないでしょ」

「ないよ」静かな声がそこで、教室内に落ちた。大人びていながらも、切実さにあふれており、見知らぬ誰かが発したのかと思ったが、声の主は高城かれんだった。「いじめられるのに理由なんて、ないよ。悪くないのに、いじめられることなんてたくさんある」

僕たちは、彼女をじっと見る。村田花は体を硬直させたまま、動かない。

渋谷亜矢は、「何なの、いったい」と苦笑する。「そういう感じだから、いじめられたんだと思うよ」と隣の女子とうなずき合った。「だいたい、これ、お守りって何が入ってるの？」とアクセサリをいじくり出す。

「やめてあげて」と村田花が言った。

渋谷亜矢が、やめてあげる、わけがなく、「これ中に写真とか入ってるやつでしょ。固くて、開かないけど」と苛々《いらいら》したと思うと、床に落とし、上靴で踏みつけた。

悲鳴を上げたのは村田花で、例によって彼女はすでに泣きはじめていた。僕はさすがに怒りを、心の中のドン・コルレオーネが眼光鋭く、叫ぶような憤りを覚え、渋谷亜矢につかみかかろうとしていた。悠太も同様だったはずだ。

が、その前に高城かれんが、「そういうのは絶対にやめて」と言った。悲しげな眼差《まなざ》しで、懇願するようだった。「本当にやめたほうがいいの」

「やめたほうがいい、って何を？　呪いでもあるの？」渋谷亜矢は床からアクセサリを拾い上げる。「あ、やっと開いた」と触る。

人の大事なものを無残に汚して平気でいられる態度に、僕は全身から湯気が出るほど怒っていた。ただ、高城かれんが穏やかなのが気になり、動けなかった。静かで、寂しげだった。村田花が、渋谷亜矢に近づこうとするのを手で制してもいた。

「何かあってから後悔しても、どうにもならないから。いじめたりしたら駄目なんだよ」高城かれんは言う。

渋谷亜矢はわざと聞き流しているのか、「ええと、あ、写真じゃん。誰の？」と壊れたアクセサリから小さな紙めいたものをつまみ出した。少し広げるようにし、見た。そして、頰を引き攣らせた。目を丸くしていた。「え」と言う。

「誰の写真か分かった？　渋谷さん、自分で自分の顔、踏んづけたんだよ」

どういうこと？　と悠太を見る。アクセサリに入っていたのが、渋谷亜矢の写真なのだと遅れて、分かった。どうして？

「わたし、渋谷さんがどういうことをするのか分かるの。気に入らない相手にどういうことをするのか。相手の大事なものをどうやって傷つけるのか。渋谷さんに、つらい気持ちを分かってほしくて、入れておいたの」高城かれんは声は冷静だったけれど、涙を流していた。「渋谷さんのやることはすごく分かるけど、だけど、そういうことすると取り返しがつかないんだよ」

「どういうこと」

「わたしも、あなたと一緒だったの」

「一緒って何が」

「前の学校で、クラスの中心で威張って、みんなを馬鹿にして。自分が一番だと思っていて」

村田花は口をぽかんと開けていた。僕もそうだったに違いない。

「騙《だま》したの？」渋谷亜矢の問いかけは、少しずれていたはずだ。高城かれんは別に、騙したかったわけではない。

磯憲の言葉を思い出す。「もし、高城がいじめられっ子だったとしたら、何か変わるか？」

もし、いじめっ子だったら？

何か変わるのか？

変わる、と僕は思いかける。誰かをひどい目に遭わせたのだから、その人を許してはいけない、と。

一方で磯憲の声がさらに聞こえる。「転校してきて、やり直そうとしているんだったら、やり直させてやりたくないか」

高城かれんはやり直したかったのだろうか。

その後、渋谷亜矢は教室を出ていき、残された僕たちは無言で掃除を続けた。村田花はいつの間にかいなくなっていた。

「ドン・コルレオーネ、いじめっ子は許されるんでしょうか」その帰り道、僕は言った。

「許されないだろうな」

「ただ、高城かれんは一生懸命でした」

「うむ」

「これからどうやって付き合っていけばいいんでしょうか」

「我々が？」「いえ、村田花です」

「うむ」

「今まで通り、友達でいられるでしょうか」

「分からない。ただ」悠太は言った。それはやはり、映画『ゴッドファーザー』に出てくる誰かの台詞らしかった。「敵を憎むな」

「え」

「敵を憎むな。判断が鈍る」

「判断が？」「うむ」

未来

「先生はもちろん知っていたんですよね」

僕が言うと、病室のベッドから体を起こした磯憲は、「高城が前の学校でしていたことか？　それはまあ連絡はあったからな」と答える。

高城かれんがどの程度のいじめっ子であったのか、そのいじめはかなり悪質だったのか、いじめられた子がどうなったのかは、僕たちは知らないままだった。

「でも、何だかいろいろ考えちゃいます」

「何をだ」

「今も、いじめられた子が自殺したニュースとかを観ると、加害者は絶対に許せないと思っちゃいます」

「俺もそうだよ」磯憲はどこまで本気なのか分からぬが、そう言って笑った。「加害者が幸せな人生を送るなんて、納得できないからな」

「先生がそんなこと言っていいんですか」

磯憲はまた声を立て、笑う。あの時、転校してきた高城かれんに対し、彼がどういう気持ちを抱き、どう接することに決めたのか、僕には分からない。

「どうして、足が遅いふりなんてしたんですかね」

「分からないなあ。自分が目立ってしまうのはいけないことだ、と思ったのかもしれないな」

「村田花みたいに地味な存在でいなくちゃいけない、と考えたのかな」

「それは村田に失礼だろ」磯憲は目尻に皺《しわ》を作る。「ただとにかく俺は」

「何ですか」

「高城かれんが幸せになればいいな、と思ってはいたよ」

僕はあの頃の自分を思い出す。病室の窓の外、風でそよぐ木々の揺れを眺めてしまう。

悠太との別れは突然、来た。小学校を卒業した後だ。その原因は僕の父の転勤で、言ってしまえば、父の会社の人事部のせいだ。日本の南端、沖縄へ行けとは何とも乱暴な指示だが、その指示を平然と出してくる会社とは、何と恐ろしい存在なのかと僕は慄《おのの》くほどだった。悠太とははじめのうちは手紙のやり取りがあったものの、次第に日々の生活に忙しくなり、さらには父の会社の人事部はいったい何が楽しいのか、必殺の技「人事異動」を次々と繰り出し、僕はあちこちに引っ越すことになった。

今回、磯憲に会いにくることになったのは、会社の得意先の知り合いが磯憲の教え子だった、という偶然のおかげにほかならず、そうでもなければ僕は、小学校時代の担任教師に会いにくることはできなかった。

「悠太たちとは会っていないのか」

「いったいどうしてるんだろう、と思い出すことはあるけれど」

嘘ではなかった。子供の頃の思い出を辿るたびに、その場面には悠太がいて、「ドン・コルレオーネ」という呼びかけがあった。

「これ見るか？　去年かな、送られてきたんだ」磯憲が写真を出してきたのはその後だ。

何だろう、と思えば、若者たちが三人で写っている。男一人に、女が二人で、こちらを向いて、笑顔を見せていた。

それが悠太だと気づくのに、さほど時間はかからなかった。

「悠太が結婚した時の写真らしい。誰と結婚したか知っているか？」

「まさか」

「村田だ。写っているだろ」

「これが？」言われてみると村田花の雰囲気はあった。それではもう一人の女性は、と僕は思う。面影があるのかないのかよく分からず、さらに化粧もしているから、僕には判断がつかないが、もしかすると、とは感じた。

写真の中の彼らが笑っていることに僕は嬉しくなり、小学生から今の今まで彼らが親交を持ち続けていることに幸福を覚えた。同時に、その彼らの共有してきた時間に、自分は参加できていなかったことに気づかされ、体に穴が開くかのような寂しさに襲われる。

あの時にはもはや戻れないのだ、という当たり前の事実を突き付けられ、胸が苦しくなる。

「どうして泣いてるんだ」磯憲が訊ねてくる。

ああ、ドン・コルレオーネ、と僕は呼びかける。

「どうした」

どうして涙が止まらないんですか。

「うむ」

非オプティマス

床に物が落ちる音が聞こえる。おなかがぎゅっと縮む。まただ。

黒板に問題文を書いていた久保《くぼ》先生が振り返る。

騎士人《ないと》はしれっと、筆箱を拾った。缶ペンケースだ。大きな音を出してごめんなさい、と申し訳なく感じている様子はゼロ、わざとやっているのだから当然だろう。

久保先生は何か言いたげだったが、板書に戻る。

すると別の場所で缶ペンケースが落ち、床とぶつかり音を立てた。

久保先生が振り返ったタイミングで、また別の缶ペンケースが落ちる。

げんなりする。

騎士人たちが楽しんでいるのは分かる。授業を妨害し、困る久保先生を見て、愉快に感じているのだ。

やるなら勝手にやればいいと思うけれど、授業が進まないのは迷惑だ。騎士人たちは進学塾で勉強し、しかも中学受験を見据えて先の先まで学んでいるから、問題はないのだろう。

　僕たちからすればたまったものじゃない。

「落とさないように気を付けて」久保先生が言った。

うらなり、という言葉を誰かが見つけてきた。辞書を引くと、顔色が青白く元気がない人、と書いてあったけれど、久保先生はまさにそうだ。若いのに、元気がまるでない。大学を卒業したばかりで、今年うちの学校に赴任してきたというから、小学校教師としての経験はほぼゼロ、頼りないを絵に描いたような先生だった。

「新任の先生だったら、はじめはもっと下の学年を受け持つべきじゃないのかな」お母さんがこの間、ぼそぼそと言っていた。「言っちゃ何だけど頼りなさそうだし。五年生相手に、ちゃんとやれるのかな。あれじゃあ、子供たちに舐《な》められちゃうよ」

　すでに舐められている。そう言いたいのをこらえた。

「だって、最初の保護者会の時なんて、わたし、びっくりしたんだから」

「どうして」

「最初はまだ良かったんだけれど、途中で急に黙っちゃって」

「何だそれは」お父さんが眉間に皺を寄せた。

「たぶん、お母さんだけじゃなくてお父さんたちも少しいたから、萎縮したんじゃないの」

「おいおい、さすがにそれは」

「何でまた高学年の担任なんだろうね。まだ、タカオの先生のほうがしっかりしてい
　弟のタカオは二年生で、担任は若い女の先生だったけれど、確かに久保先生よりははきはきして見えた。

　当のタカオは、僕と両親の話など興味がないのか、タブレット端末のゲームをやっているものだから、のんきでいいなあ、と羨ましくなる。

「まあ、学校と言ったところで、会社と同じだろ。誰かをどこかに配属しないといけない。社員は限られているし、優秀な奴に掛け持ちさせるわけにはいかない。どこかにしわ寄せはくる」お父さんはいつも、何を言っても怒っているようだった。「最近は何かというと、体罰だ、暴力だ、って騒がれるから先生も大変だよな。俺たちが子供のころは、すぐに引っぱたかれたし、子供はそうやって学んでいくんだ」

「それはそれでどうかと思うけれど」

「舐められたらおしまいなんだよ」

「あ、将太《しょうた》、そういえば転校生どう？　保井《やすい》君だっけ。馴染んでる？」

　保井福生《ふくお》は五年生になって都内から引っ越してきた。身体は細く小柄だった。三角形を反対にしたような顔で、口が尖っている。

「ああ、転校生か」お父さんも、お母さんから前に話を聞いていたのだろう。「いつも同じ服なんだろ」

常に安そうな服を着ているから「やすいふくお」と騎士人たちにからかわれたことがある。安いかどうかは分からないが、彼の服装はいつも一緒で、おまけに生地がひどく薄かった。沖縄土産なのだろうか、「OKINAWA」とロゴが入っているのだが、それすらほとんどかすれて、見えない。何回洗っているのかと知りたくなるほどだ。服くらい買えばいいのに。女子の誰かが言ったこともあった。僕も同じ気持ちになったが、安い高いの感覚は人それぞれ、家庭によって異なるのも事実だろう。

福生も、「あのさ、僕の服は、安いだけじゃなくて薄っぺらいの。だから、もし名前を合わせるなら、ヤスイ・ウスイ・フクオって名前じゃないと駄目じゃないか。ミドルネーム入れて」と妙な反論をするくらいだから、タフだった。

その福生が今、声を上げた。廊下側の一番前の席で急に立ち、振り返ると、「勘弁してよ。あのさ、缶ペン落として何が面白いわけ」と尖った口をさらに尖らせる。

「何だよ福生」と騎士人がへらへら言い返した。

「真面目に勉強したい僕たちが迷惑するんだから」

一瞬、教室内がしんとなり、久保先生もまじまじと福生を見た。

「授業時間がどんどん減るし、お金を返してほしい」保井福生は溜め息まじりに首を振る。

少ししてからあちこちで、「お金って何の？」「給食費？」「小学校ってお金払ってるんだっけ」と戸惑いながらのやり取りが起きた。

「何だよ、保井、偉そうに」

「偉そうも何もないだろ。缶ペン落としをするなら、家に帰ってやればいいだろ」

「わざとじゃないんだよ。落ちちゃったんだからしょうがないじゃないか」

二人ともやめろ、と久保先生は軌道修正をはかるが、感情のこもらないぼうっとした言い方で、団扇《うちわ》で優しく風を起こすような力しかない。軌道を正すつもりなんてないのではないか。

「まあ、とにかく授業を進めよう」久保先生が気を取り直すように言った。「せっかくだから福生、教科書、読んで」

福生は、「はい」と返事をすると椅子に腰を下ろし、「あ、そういえば、教科書忘れていたんでした」と続けた。

呆気にとられるとは、このことだ。真面目に勉強する気、ないだろ！　誰かが言った。

久保先生もさすがに苦笑いをしていた。

まさか福生との距離がその日、縮まるとは思ってもいなかった。

学校が終わり、塾へ向かう時に学区内の児童公園を通りかかると、福生がいたのだ。例の、薄くなったTシャツで、腰を屈めて公園の端の花壇を覗《のぞ》き込んでいる。いったい何をしているのか。気にはなりつつも塾に間に合わないためそのまま通り過ぎたところ、帰り道、ほとんど日が落ちている中に、彼のその白いTシャツが光って見えたものだから驚いた。まだいるのか。

「何やってるの」

「ああ」彼は顔をくいっと傾けた。「面白い虫探してただけだよ」

「面白い虫、いるんだ？」

「それを探してるんだって。将太は？」

「塾」と手提げバッグを掲げる。「福生は習い事とかないの？」

「うちは無理だよ。お金がない」と彼は清々《すがすが》しいばかりに言い切り、「ということになっている」と気になる表現を加えた。

「なっている、とは」

「これは世を忍ぶ仮の姿」福生はすらすらと言う。

世を忍ぶ仮の姿、とは聞いたことのあるフレーズに思えたが、何を意味しているのかすぐにはぴんと来ない。

「みんなは僕を貧しい家の子だと思っている。馬鹿にしている」

「そういうわけじゃないと思うけど」

「少なくとも、軽んじてるだろ。だけど、それは仮の姿なんだ」

「実は金持ち？」

「かもしれないよ」保井福生はうなずくが、明らかに目を背けており、無理をしているのが分かる。

「違うのか」

「今は違っても、将来的には裕福になるかもしれない。そうだろ。今は仮の姿なんだから。トランスフォーマーって知ってるでしょ。映画にもなった」

「車が変形してロボットになる奴だ」

「正しくはそうじゃないけどね。あれはサイバトロン星から来た宇宙人で、車に化けているだけなんだ」

「ああ、そう」何が違うのか。

「司令官オプティマスは、オプティマスプライムは普段、トレーラーの形をしているけれど、いざという時には」

「福生も変形するってこと？」

「譬《たと》えの話ね。そうなったら、今、僕のことを馬鹿にしている人は気まずくなるだろうね」

「そうかなあ」

そこに短く甲高い音がした。

僕たちのいるすぐそば、道路で自転車が停まったのだ。すっかりあたりは暗くなっており、僕はびくっとしたが、自転車に乗っているのはどこかで見た顔だった。目を凝らすと同級生の潤《じゅん》だと分かる。顔が光り、さらに手で目のあたりを拭《ぬぐ》っているため僕は動揺した。

「潤、何で泣いてるんだよ」福生は気を遣うことなく、直球で訊ねる。

まさか暗い公園に同級生二人がいるとは思ってもいなかったのだろう、潤は小さく悲鳴を上げ、危うく自転車ごとひっくり返りそうになっていた。というよりもほとんど、ひっくり返った。大きな音が鳴って、周囲を見渡してしまう。

僕と福生で、潤をひっぱり上げた。

何してるんだよこんなところで。僕は塾の帰り。僕は虫を。虫？　といったやり取りを経た後で、福生がもう一度、「何で泣いてたんだよ」と訊ねた。

「デリカシーがない」僕が指摘する。

「でも、泣いてただろ」

「親と言い合いになっただけなんだ」潤がぼそっと言った。

「親？　お母さんと？」

「うちは、お父さんしかいないから」

へえ、と僕は言った。棒読みのような、関心がなさそうな返事になってしまったのは、どう応えるのが正解なのか分からなかったからだ。潤が小さい時に離婚したらしい。子供は、親のどちらかと暮らすのだとすれば、母親のほうなのではないかと僕は思い込んでいた。

「そういえば、前に会ったよね。潤のお父さんと」と思い出す。

一年ほど前だったか家族でＤＩＹショップに行ったところ、潤とお父さんがやはり買い物に来ていたのだ。体が大きく、運動のできる潤の親だけあって、やっぱり運動が得意そうだなあ、とぼんやり感じたのを覚えている。

「そうだった」潤もうなずく。

「お父さん、大変なんだろうね」子育てがどのようなものなのか知らなかったが、二人で協力してクリアするゲームを一人で操作するならば難易度は上がるだろう、とは想像できた。

「大変だけど、あんなに暗い顔して、ちょっとしたことでめちゃくちゃ怒ってくるんだから、たまったもんじゃないよ」潤は視線を逸らした。叱られて、家に父親と二人きりでいるのが耐えられなくなり、自転車でふらふら出てきたようだ。

「潤、大事なことを忘れてる」福生がまた偉そうに言った。

「何を」

「親だって人間だ」

「知ってるって」

「人間が完璧じゃないってことも知ってるだろ。腹が立ったり、困ったり、悩んだりもする。『えー、何でそんなことするの？』って思うようなことをしちゃう。どう考えても損なのに、ってこともやっちゃう」

「そういうものかな」

福生の言い方は断定的で、反発したくもなるけれど、確かに、すぐに捕まるのに殺人をしてしまう人がいるのも事実だ。みんな、かっとなったり、うわっとなったり、もうやだっとなったりして、しなくてもいいことを、しないほうがいいことをやってしまう。

「潤のお父さんも時には、当たりたくなるんだよ」福生は言った。「嫌なこととかつらいことがあると、何かのせいにしたくなる。そういうものでしょ」

「自分が転んだ後で、近くにある石を蹴っ飛ばしたくなったり？」

「そうそう」

「俺は石かよ」潤が呆れたように笑い、その後で、「じゃあ」と自転車に乗った。

「僕も帰るよ。福生も帰るだろ」

潤の自転車はすぐに見えなくなった。それから、僕と福生と潤の三人で話をすることなんて今までなかったなと思った。和食と洋食と中華料理が一緒に並ぶようなものだ。

「潤にもいろいろあるんだなあ」僕は呟いていた。運動ができて背も高い潤は、クラスでもみなから一目置かれている。毎日が楽しいだろうと勝手に想像していたが、実際は違うのだろうか。

「そりゃ誰にだってあるでしょ」

「でも、騎士人にはないんじゃないの」

僕の言葉に、福生は意外にもうなずかなかった。「あいつだって悩みはあると思うよ」

そういうものか。

授業中に缶ペンケースが落ちて、また音が鳴る。
うんざりする。面倒臭いな。みんなもきっと同じ気持ちのはずだ。騎士人とその周り

で、愉快気な笑い声が小さく起きる。

「またか。うるさいぞ」久保先生が言う。

うるさいぞ、なんて生易しい言い方では駄目だ。もっと厳しく叱りつけるべきだけれど、青白く元気のない「うらなり」には無理らしい。

「机から落ちないところに筆箱は置いておくこと」久保先生はごく当たり前の注意をするだけで、そのまま授業を進める。

舐められたらおしまい。お父さんの言葉が頭の奥で聞こえてくる。確かにそうだよなと同意する自分もいた。

休み時間、僕は、福生の席のところに行った。

どちらかといえば、教室では一人でいることの多い僕と、どちらかといわずとも明らかにいつも一人きりの福生が肩を寄せ合うとなると、最近テレビで知った言葉を使えば、同類相憐れむ的なものだと思われる心配はあったけれど、そこまで気にするのも馬鹿馬鹿しかった。

「いつもあんな時間に公園にいるわけ?」

そう訊ねると福生は、次の授業の教科書を取り出しながら、「時々だよ」と言う。「いつもあんなことをやっているわけじゃないって」

ぶっきらぼうな返事に、話しかけるんじゃなかったと後悔しかけたが、ここですぐに立ち去るのも気がひける。

「おい、将太、福生に服でもあげるのか」馴《な》れ馴《な》れしい口調で、騎士人が近づいてきた。

面倒臭いなあ、と本音を洩らしそうになる。

「これさ、来月の祝日にあるんだけど、良かったら来てよ」とチラシのようなものを寄越した。

読めば、市民広場でイベントがあるらしく、テレビでお馴染みの俳優さんが数人やってくると書いてあった。

「お父さんの会社で企画しているやつなんだよ」騎士人は平静を装っているが、明らかに自慢が滲んでいる。言葉の端々、表情の動き一つ一つから、誇らしさが湯気さながらに見えるかのようだ。

騎士人の父親は、誰もが知る企業の偉い人、らしかった。お母さんも、「騎士人君のお父さんって、すごいみたいね」と言ったことがある。「子供に変わった名前をつけるくらいだから、てっきりそういう親なのかと思ったら、違ったのね」とも。

そういう親、の「そういう」がどういう意味なのかはよく分からなかった。さらに、有名企業の偉い人だったら、「そういう」のイメージが変わるものなのか、と二重に僕は疑問を抱いた。

思い浮かぶのは、一度だけ食べたことのあるチーズだ。匂いがきつくて、腐っていると思い、すぐに口から出した。ただその後でお母さんから、「あれは高級なんだよ」と教えてもらうと急にそれが大事なものに感じられたのだ。中身は変わっていないのに。情報で味が変わった。

　あれと同じだろうか。

　お父さんのほうも騎士人の父親の情報を耳にすると、「おまえ、騎士人君と仲良くしておくといいかもしれないな」と言った。冗談まじりでありながらも、お父さんの本心にも聞こえた。

「騎士人とは仲良くならないよ。タイプが違うし」

「そうやって決めつけると損するぞ」

　心の中で巨大なハテナマークが湧くのを感じた。

　決めつけているのはどっちなのだ。

「もし時間があったら行くよ」福生は、僕が手にしていたチラシをひったくるようにした。

　騎士人は、「よろしく」と恰好つけた言い方をした後で、「ちなみにイベントはタダだからさ、安心して。お金かからないから」と付け足した。

「助かるなあ」嫌味も何のその、福生は大袈裟に答えるものだから、大したものだ。

　騎士人がいなくなったところで、福生はチラシを乱暴に机の中に入れる。「威張ってる奴がどうにも苦手だ」

「騎士人？」

「威張ってるというか、偉そうな。我こそが、このクラスのオプティマスプライムである、みたいな振る舞いで」

「トランスフォーマー、好きなの？」

「別に」

「しょっちゅう譬えに使ってるのに」

「でさ」福生は、僕の指摘を聞いていない。「ちょっと、騎士人を痛い目に遭わせようよ」

「痛い目にって」喧嘩《けんか》などしたら、痛い目に遭うのは僕たちのほうだろう。それとも、福生はこう見えて、喧嘩慣れしているのか。

「そういうんじゃない。社会を見てみなよ。政治家が失脚するのは、暴力のせいじゃない。何だと思う？」

失脚、という言葉の意味はよく分からなかったが、失敗と同じような意味だろう、とは想像できる。面倒臭く感じつつも、「悪いことしたとか？」と最近、ニュースで頭を下げていた政治家のことを思い出しながら言った。

「そうそう」福生は満足そうだ。「重要なのは」

「なのは」「弱味を握ること」

はあ、としか言いようのない僕とは対照的に、彼は、政治家と戦う新聞記者のように顔を引き締めた。「オプティマスプライムの言う、有名な台詞知ってる?」

「何」

「『私にいい考えがある』」

オプティマスプライムがそう言うと、大体うまくいかないのだ、とは後に知った。


「将太、何をきょろきょろしてるんだよ」福生が言ってくる。

駅前のアーケードの近く、大きな交差点の角だ。学校が終わった後、いったん家に帰ってからそこに集合したのだ。

「持ってきた?」と訊かれたので、僕は鞄《かばん》から重いケースを取り出した。「あったよ。最近使ってないから、見つけるの大変だったけど」

「うちにはないからなあ」福生は、僕が渡したケースの中を覗く。ビデオカメラだ。

僕はまた周囲を窺《うかが》っていたらしい。

「将太、何を怯えているんだ」

「だって」

「そんなことだとばれる。せっかくの作戦が」

太陽はずいぶん傾いてきており、昼間の明るさが、つまみで調整したかのように、だいぶ薄暗くなっていた。

福生の作戦は、複雑なものではなかった。学校の休み時間、騎士人たちが今日の夜、駅前のゲームセンターで遊ぶ約束をしていたのだという。

「学区外で、しかも、学校で決められた時間より遅い。これは立派な、悪事」

「証拠の場面を撮って、先生に突き出すの？」

「それでもいいけれど」福生は真剣な目をしていた。「単に僕たちの武器にしてもいい」

「武器に？」

「弱味を握るってことだよ。騎士人たちが我が物顔で行動しようとしても」

「我こそはオプティマスプライム」

「そう。その時、僕たちが、彼らの悪事の証拠を握っていれば、いつでも突き出せるぞと牽制《けんせい》できる」

牽制、と難しい言葉を使うくらいに福生は頭がいい。「なるほど」と答えたものの、学区外行動の映像くらいで騎士人たちが怖がるだろうか、という疑問はあった。

効果のほどは未知数、というよりも最近、本で知った言葉「労多くして功少なし」を口にしたくなったが、それでも福生に付き合うことにしたのは、単に面白そうだったからだ。

　学校では友達が幾人もいるけれど、家に帰ってから遊ぶほどの友達はあまりいなかった。もともと、わあわあ騒ぐことが苦手だったこともあるし、学校生活とはそういうものだと思っていた。特に不満はなかった。けれど福生の誘いは、面倒臭さと同時に喜びもあって、どこか冒険じみており、断れなかった。

「ほら、いた」

　見れば、アーケードの中に、騎士人たちが入っていく。大人びた服装で背丈もそれなりにあるから、中学生に見えなくもない。

　ビデオカメラの入ったケースを持ちながら、福生が行く。僕も慌てて追った。鼓動が速くなる。

　アーケードには人がたくさんいた。向こう側からやってくる大人たちが、僕と福生を一斉に見てくるようだ。そこで僕は重要なことに気づく。なぜここに来て気づいたのか、というよりも、ここに来るまで気づかなかったのか。

　福生、ちょっと待って。

　呼びかけたつもりが、声は行き交う人に蹴られて転がっていく。

　福生はずいずいと先へ行く。騎士人たちを見失わないようにと必死なのだろう。歩幅もずいぶん大きくなっており、追いつくために僕も大股になる。

騎士人たちが目指しているゲームセンターがどこかは把握していなかったから、見失ったらそこで追跡は、作戦はおしまいになる。

まんまと見失った。

正確には、信号に邪魔された。

幅広の道路を渡るための信号が点滅し、騎士人たちは走って、ぎりぎりで渡ったが、僕たちは間に合わなかったのだ。

「まずいな」尾行に失敗した探偵の気持ちで、信号の前で立ち尽くす。車道という大河を挟んだ向こう岸にいるはずの騎士人たちの動きを見ようと、背伸びをするが、右から左、左から右へと車が流れていき、視界を掻《か》き消していく。

「しくじった」福生は悔しそうだった。

「だけど良かったよ。大事なことに気づいたんだ」

「何？　ああ、ビデオカメラを持っていたらばれちゃうってこと？　まあ目立つけど」

福生が膨れた顔で言いはじめた頃、信号がようやく変わる。「それは何とかなる」

福生が地面を蹴った。まだ諦めていないのか、横断歩道をぴょんぴょんと跳ねるように駆ける。慌ててまた後に続く。

そうじゃないんだ、カメラのことじゃなくて。

渡った先のアーケードに入ったところで、右手に大きなゲームセンターがあった。福生は、「ここかもしれない」と言うと、僕の返事を待たず自動ドアをくぐる。

何でもかんでも勝手に進めていく。やっぱり福生とは関わらないほうがいい、親しくなるのはやめよう。僕は決心しながら、中に入る。

福生に伝えたいことは簡単だった。

騎士人たちが、「子供だけで学区外に行ってはいけません」「決められた時間の後に、外で遊んではいけません」という二つの規則を破る場面を、僕たちは撮影に来ている。弱味を握るため、と福生は言った。けれど、その撮影をしている僕たちも明らかに、この二つの規則に違反しているではないか。

弱味を握ったつもりが、弱味を握られることにもなる。

騎士人なら間違いなく、「おまえたちだって同罪だろ」と責めてくるに違いない。

この作戦には穴がある。いや、作戦という名前の穴だった。

ゲームセンターの中、クレーンゲームの並ぶ場所をするすると抜けて行く福生を呼び止めたかった。

そして、「あ、君ちょっと」と後ろから呼びかけられ、振り返ると制服を着た警察官がいるものだから、僕の頭の中は一瞬で空っぽになった。

異変を察知したのか福生も僕を振り返る。あ、という顔をしたのも良くなかったのだろうか。

「君も一緒かな」

警察官は二人いて、僕と福生を呼び、店の外へと連れて行く。抵抗も反撃も逃走もできるわけなく、大人しく従う。この時点で僕の頭の中は、「もうおしまいだ」という思いで溢れている。もうおしまいだ、警察に捕まったのだから大変なことになる。学校に通えなくなって、お父さんたちは激怒する。俺たちが子供のころはすぐに引っぱたかれた、と例によって言うかもしれないが、それ以上に、きっと悲しむ。

福生を見れば、すっかり肩を落としていた。ただでさえ、薄い彼のTシャツが透けに透け、体が透明になったようだ。顔色も悪く、逆三角形の輪郭がすっかり細くなっている。僕も同じような顔だったに違いない。

「小学生だよね？　こんな時間にこういうお店に入ったらいけない、って教えてもらってるでしょ」

少し腰を屈め、優しく話しかけてくる警察官のことを、ちゃんと見ることができない。穏やかな口調が余計に恐ろしかった。前を通過する人たちが横目で僕たちを、罪を犯した子供を見るように、眺めていくように感じた。

店内のゲーム機から流れる騒がしくも能天気な音楽が、僕たちを囃してくる。声がうわずり返事ができなかったが、首を縦に揺する。福生も同じような反応だったはずだ。

「あ、申し訳ないです」駆け寄ってくる人の姿があったのは、その時だった。

制服警官が視線を声の主に向ける。僕もそうだ。

初めは、絶望的な気持ちになった。虎に襲われているところへ、うしろから獅子《しし》が寄ってきたかのような。

「あ、先生」「久保先生」

僕と福生は同時に言っていた。厚手のジャケットを羽織る恰好は、今日、学校の時と変わらない。警察に怒られているところを担任の先生に目撃されるとは、まさに泣き面に蜂だ。

「先生？　君たちの？」警察がこちらに言ってくる。

「はい」

これはさすがに怒られる、と僕は肩をすぼめたくなった。ただ、先生の口から出たのは、予想と違う台詞だった。「いやあ、すみません。彼らにちょっと手伝ってもらっていたんです」

手伝って？

「はい」久保先生は、自分のフルネームを口にした後で、小学校名を言う。「名刺がなくて申し訳ありません。ただ、問い合わせてもらえれば分かります」

「手伝い、とは」

「クラスの児童が、ゲームセンターに寄っているという電話が入って来まして。何かあったら困るので探しにきたんですけど、見つからなくて」

「それは、この子たちではなく？」

「この二人はたまたま、親の用事でこっちに来ていまして。手分けしてゲームセンターの中を見るように、私が頼んじゃったんです。申し訳ないです」

「この時間に小学生が」

「ゲームセンターは駄目なんですよね」久保先生は、頭を掻きながら頭を下げた。「一人で探すのは限界があったので、頼ってしまいました。彼らは悪くありません」

警察官二人が顔を見合わせている。僕も、福生と目が合った。

結局、警察官は、「まあ、今回は大目に」といった態度で立ち去った。「その、ゲームセンターにいた、という児童のほうは」と気にしたが、久保先生が、「解決しました。どうやら人違いだったらしくて、今ちょうど連絡があったところなんですよ」と説明すると、納得したようだった。

残った僕たちを、久保先生は叱らなかった。そればかりか、ここにいる理由を訊くこともせず、「気を付けるんだぞ」と言うだけで解放してくれた。

あっという間に姿を消した。

狐《きつね》につままれる。狐に包まれる。どっちだっけ。

「助けてもらえたのはいいけど、久保先生、何なんだろうね」本当だったら、僕と福生がどうしてここにいるのかをちゃんと訊いて、駄目だぞ、と怒ったり、先生として指導すべきではなかったのか。

「優しいというより、無関心なんだよ。先生としての自覚がないんだ」

「そうだね、久保先生はちょっと変だ」

叱らないんじゃなくて、叱れないだけかもしれない。無関心、という言葉はしっくり来た。淡々と仕事をこなすけれど、子供たち一人一人の問題や事情には関わるつもりがない。

「あの」

二度あることは三度ある。

その時、僕たちにまた声をかけてくる人がいたのだ。警察の次は学校の先生で、学校の先生の次は、と見れば知らない女性だった。スーツ姿で、保護者にしては若すぎる。誰かのお姉さん？　と思った。

福生もあからさまに不審げだった。

「突然ごめんね。あの、君たち、久保君の教え子？」

久保君、という呼び方は新鮮だった。まともに取り合うべきかどうかと僕は悩んだ。

福生は悩まなかったのだろう。「久保先生の知り合いですか」と話を続ける。

「昔、ちょっと」

「元恋人的な？」「おい福生」

スーツのお姉さんは軽やかな息を吐く。笑ったのかなと思ったけれど、表情は寂しげだ。頭を左右に振る。「そうじゃないんだよ。わたしは大学時代の同級生みたいなもので。ただわたしの友達が、久保君の、久保先生と交際していたんだけど」

「今は違うわけですね。今は恋人同士ではない、と」

久保先生の昔の恋人の、友達、というつながりを頭に描く。近いような、遠いような。お姉さんはまた悲しそうな面持ちになる。ゲームセンターから放射される騒がしい音楽が、お姉さんの寂しい表情の中に吸い込まれていく。

「もしかすると今もそう、と言えるのかもしれないけれど」

「僕たちに何の用が？」

「あ、久保先生、元気かな、と思って」

「何ですかその質問」

「さっきまでね、そこで講演会があったの。講演って分かる？　先生向けので。ああ、わたしも学校の先生なんだよ、こう見えて。久保君とは、大学の教職課程で一緒で」

給食家庭、と聞こえた。とにかく知り合いなのだろう。

「その講演で久保君に似てるな、と思って、終わった後に声をかけようとしたらもういなくなってて。今、追いかけてきたら」

「警察と話をしていたんですね」

「久保君、何かやったのかと思って、びっくりしちゃった」

「先生はそんなことしないですよ」

「ちゃんと先生をやってるわけだ」

「ちゃんとかどうかは」

「そうなの？」

やっぱりそうなの、と言いたげな様子もあったのが、僕には引っかかる。

「なんか無気力というか、子供に関心ないというか」福生が説明する。「今だって、こんな時間に出歩いている僕たちをあっさり残して、どっか行っちゃったし」

うらなり、と僕は口に出しかけた。

お姉さんは寂しげに、「そうかあ。そうだよね」となぜか納得するように言った。

そうだよね、とはどういう意味なのか。

「あのね、ほんとは久保君は、無気力とかじゃ全然ないんだよ。小学校の先生になるのを楽しみにしていたし、わたしだって、久保君はいい先生になると思ってたんだから」

「予想って意外に外れますからね」

ほんとは、という言葉が引っかかった。今はほんとじゃない、ということなのか？

「久保君は、勉強のことだけじゃなくてね、いろんなことを教えたいって」

「いろんなことを、ですか」

「学生の時、久保君は、どうでもいいことを一生懸命考えちゃう人でさ。体罰はどうしていけないのか、とか、法律で決められていないことはどうやって守らせるべきか、とか」

「何ですかそれ」

このお姉さんの話している久保君と久保先生とは別の人ではないかと疑いはじめたところで、お姉さんは、「でも、そうだよね。さすがにあの時のままじゃないよね」と言い、「引き止めちゃってごめん」と挨拶をすると、久保先生が去ったのとは反対方向へと歩き出した。

「福生、今のお姉さん、いったい何なんだろう」

「分からない。ただ」「ただ？」

「先生も一人の人間で、先生には先生の、学校以外の人生があるんだなあとは思った」

「そりゃそうだよ」と言ったものの、僕も同じようなことを考えてはいた。

「来週の授業参観、お父さんも行っていいか？」

夕食の場で、場というほど立派なものではないけれど、ダイニングテーブルでむしゃむしゃお母さんの料理を、唐揚げとかトンカツとか明確な名前のない、名もなきおかずを食べていると、お父さんにそう言われた。

うちの学校は、授業参観って言わないんだよね、とお母さんが説明している。

「仕事は？」

「ちょうど休みが取れそうだから。お母さんだけだと、タカオのほうと行ったり来たりで大変だしな」

お母さんが、もう一品、命名待ちのおかずその二を運んできて、「あとはほら、将太の担任、久保先生、ちょっと頼りないでしょ。だからお父さんにも見てもらおうと思って」と言う。

僕の知らないところで、お父さんとお母さんが話し合いを行っていたのか。

ここで僕が、「来ないで」と答えたところでお父さんは来るだろう。弟のタカオは、「お父さん、来てくれるの？」とすでにはしゃいでいる。実際、反対する理由はない。

久保先生のことをお父さんがどう感じるのかにも興味はあった。

「でもまあ、保護者が来る時は、普段とは違うだろうから、参考になるかどうか分からないけど」お母さんは言う。

確かにその通りだ。

保護者の来る日ともなれば、騎士人たちもいつものように授業妨害をすることもできないだろう。


間違っていた。

翌日、朝から騎士人たちが顔を寄せ合っており、何かと思えば、「保護者の観に来た授業中に、缶ペンケースを落とす段取り」の相談をしていたのだ。秘密の打ち合わせを装いながらも、周囲には丸聞こえだったから、彼らとしては、祭りのメイキングを自慢げに公開している感覚だったのかもしれない。

「うんざりだね」福生の机のそばにいくと、彼は心底、嫌そうな顔をした。「まったく」

「まずいなあ」

「何が」

「嫌だなあ。うちのお父さん来るから、怒りそうだ」

「誰を？」

「先生に対して。子供にはがつんとやるくらいでちょうどいい、ってよく言ってるから。甘いから、舐められるんだって」

「鉄拳制裁派だ」

「やっぱりそれしかないのかな」「どういうこと」

「厳しくしないと、悪いことを止《や》めさせるのは無理ってこと」

「そりゃそうだよ。怖くなければ、誰だって、好き勝手やる。たとえば、あの缶ペン落としだって、どうしたら止めさせられると思う？　ふざけるな、みんなの邪魔をするな、って怒って、まあ、ビンタでも何でもいいから痛い目に遭わせないと、止めないでしょ」

　昔の漫画を見れば、「廊下に立ってなさい」となるのだろうか。今はそれだって、体罰扱いになる。そうしたところで騎士人だったら、「退屈な授業をさぼれてラッキー」と言って、廊下でこっそりスマホを取り出してゲームをやるかもしれない。どうせ久保先生は、スマホ持ってきたらダメだろ、とぼんやり言うだけだろう。

　叩いたり、怒鳴ったりすれば、確かに相手は怖くて、ルールを守るかもしれない。けれど、それで解決になるのかな。もやもやしているばかりで自分の疑問が説明できない。

　後ろで、騎士人たちのはしゃぐ声が湧いた。

がらっと戸が開き、久保先生が入ってくる。僕が慌てて自分の席に戻る一方で、騎士人はのんびりと動く。

「授業はじめるぞ」久保先生の言い方は相も変わらず穏やか、穏やかというよりも元気がなく、騎士人は、「はいはい」と馬鹿にしたような返事をする。

やっぱり、びしっと厳しいくらいじゃないといけないのでは。

「力で抑えつけろ派」へと自分が惹かれていくのが分かる。

おまけに久保先生は、授業中に何度もぼんやりとし、子供たちから、しっかりしてください、と叱責を受けた。頼りないを通り越し、心配になるほどだ。

「先生の恋人って死んじゃった、って本当ですか？」

給食の時だった。吹奏楽部の女子が突然、言った。普段は大人しくて、授業中はもちろん休み時間も静かだが、なぜか唐突に発言した。

見れば、隣で騎士人が満足げに笑っていたから、あいつが言わせたのは明らかだ。ずるいやり方だったが、そのこと以上に、発言内容のほうが気になる。

先生の恋人が亡くなったとは、どういう意味なのか。

教室内がざわつく。クラスの三分の一くらいがすでに知っている様子で、残りの三分の二は、何それ何それ、と情報を得ようと囁きはじめた。

　こそこそ聞こえてくる話の欠片《かけら》を集めてみる。誰かが先生に、「彼女いるの？」としつこく訊いた際に仕入れた情報のようだったが、それもまた本当なのかどうか分からない。

「情報通だなあ」久保先生は笑い飛ばそうとしたのかもしれないが、顔は引き攣ってお り、声も上擦《うわず》っていた。

　騎士人が画策して放った矢が、先生の痛いところを突いたのだろう。

「そうか」久保先生は自身に言うようにぼそっと洩らす。「みんなにも話しておいたほうが良かったな」

　秘密の話が発表されるのだろうか。期待と怖さのせいか、クラスがしんとなった。そこで騎士人が、雰囲気を乱す。「先生が聞いてほしいんだったら、聞いてあげてもいいですよ」

　釣られるように数人が笑う。僕は不快だったし、たぶん福生もそうだったのだろう、今にも立ち上がるような顔つきだ。

「先生が大学時代に、付き合っていた女の子が交通事故で亡くなったんだ。二年前かな」

　その時、現場に久保先生もいたのだという。ここことは違う、別の市の大通りを歩いていたところだった。

「どこからか音がしたんだ。道路の向こう側でタクシーを止めた男の人が、お金を落としたみたいでね。硬貨が何枚も、こっちのほうにまで転がってきたんだ。彼女はとっさに、道路に飛び出してそれを拾ってあげた。ちょうど通行車両がいないから、大丈夫だと思っちゃったんだ。落とし主のところに拾った硬貨を返しに行こうとした。その時もちゃんと車の通りを確認すべきだったんだけれど」

車が突っ込んできた。突然の人の姿に運転手はブレーキとアクセルを踏み間違えたらしい。そんな風に間違えるものなのか僕には分からないのだけれど、先生の恋人は撥《は》ねられて、車は横の壁にぶつかり、運転手の高齢男性も亡くなった。

給食の時に話すようなことではなかったな。久保先生は言ったけれど、表情はあまりなかった。「これはただの偶然だろうけど」と洩らす。「二年前の今日なんだ」

何が？　僕は声に出さず、訊き返した。クラスのみんながそうだったろう。

しんとしている中、先生はパンをゆっくりと食べ始める。

「将太、久保先生は大丈夫かな」

放課後、家に帰る道をとぼとぼ歩いていると、うしろから福生が追いかけてきて言った。夜の公園で遭遇してから、急速に親しくなってしまった感じがあり、その彼の、古くからの友達に接するような態度に戸惑ったが、拒絶するわけにもいかない。

例によって服は薄っぺらく、風が吹けばよろめくような細い体で、頼りがいはなさそうだが、福生の言動が新鮮なのも事実だ。

「大丈夫かな、ってどういう意味で？」

「今日のあの話だよ。恋人が」

「ああ、確かにびっくりしたよね。二年前なんて、まだ、ついこの間というか」

「僕が気になったのは、先生がむしろ淡々としていたことだよ」福生の、見ているところは違った。「もっと寂しそうにしたり、悲しそうにしたり、まあそうじゃなくてもさ、先生なんだから話の後に、先生らしいことを言うべきじゃないか」

「どんな」

「何でもいいよ。交通事故みたいにいつ何があるか分からないから、みんなも一日一日を大切に生活するんだよ、とか、自分の命やほかの人の命を大事にしろよ、とか」

僕はまじまじと、彼を見てしまう。「すごいな福生は、難しいこと言えるんだな」馬鹿にしてるのか、と福生がむっとしたものの僕は本当に感心した。先生が言いそうな台詞だ。

「だけど、久保先生、ぼうっとしているだけでさ。あれじゃあだめだよ。この間、ニュースで観たんだけれど、学校の先生が精神的にまいって、不登校になるケースが多いらしい」

「ああ」聞いたことはある。

「久保先生も、ちょっとまいっちゃってるんじゃないかな。前から表情がないなあ、って思っていたけれど今日なんて、ひどかったろ」

「ぼうっとしてたね」チョークを何度も落とし、急に黙って、窓の外を眺めている時もあった。

「精神的にやられちゃってる」

「同感です」丁寧に言いたくなるほどには、僕も心配になった。

「だから、ちょっと助けてあげようと思って」

「助ける？　誰を」「久保先生を」「どうやって」

「教えてあげるんだ。騎士人たちが、親たちが来る時も邪魔しようとしてるって」

「親たちが来る？」と言ってから、ああ学校公開の時か、と気づく。親が授業を観に来られる日のことだ。どうして好き好んで学校に来て、退屈な授業を観ようと思うのか謎だけれど、とにかく親が来る。

「そんなこと、わざわざ？」教えたところで何が変わるのか。

「事前に知っているのと知らないのとでは大違いなんだよ」

ああそうご苦労様。僕の気分はそんなものだった。好きにすればいいんじゃないかな、と。

「じゃあ、行こう。久保先生のところに」福生は僕に向かって、くいくいと指を動かす。

「え、僕も？」

「そうだよ」当たり前のように言ってくるのは納得がいかなかったけれど、僕のむっとした気持ちに気づいたのか、福生はすぐに、「お願い」と拝む恰好で頭を下げた。

彼はさらに、「私にいい考えがある」と低い声を出すと僕に背を向け、道を引き返していった。放っておくほど心の強くない僕は、後を追うほかない。

学校へ戻る途中、潤とすれ違った。妙に軽やかな恰好だな、と思えば、ランドセルを背負っていなかった。

「ああ」と潤が言う。「一回、家に帰ったんだけど、学校に忘れ物探しに行って」

「何忘れたの」

「連絡帳。だけど教室にもなくて。どこに行ったんだろ」

「訊かれても」

「まあそうだよな」潤は爽やかに歯を見せて、駆けて行った。

策を弄《ろう》するよりは真っ向勝負、と福生は言い、二人で職員室に向かった。自分たちの教室とは違い職員室に入るのは緊張感があるけれど、ノックをし、久保先生いますか、と僕たちは入っていく。

久保先生がいないことはすぐに分かった。席はもちろん、職員室内にも姿はない。そもそも先生の仕事時間はいつまでなのだろう。子供たちが帰れば帰っていいのか、それとも、お父さんみたいに決まった時間を過ぎても残って作業をしなくてはいけないのか。

空振りだったことにはがっかりしたが、僕たちは廊下を歩き、昇降口へ向かう。児童はほとんど帰った後だから、ずいぶんがらんとしている。校門を出て、通学路を進んだ。

「寒くないの？」

横にいる福生は相変わらずの半袖半ズボンだ。

「ああ、別に。いつもこんな感じだから慣れてる。将太、人は慣れるんだよ。どんなことにも」

世紀の発見を口にするかのように言われても困る。「久保先生も、恋人が死んじゃったことに慣れるのかな」

福生は少し考えた後で、「さすがにすぐは無理だろうけど」と言った。「僕はやっと慣れてきた」

「え？」

彼はそれ以上のことを説明してくれない。

その後はお互いのことを話しながら、どこの幼稚園に通っていただとか、何のテレビを観ているのかだとかを喋り合い、とぼとぼと歩いた。ゲームの話もしたかったが、ゲーム機はそれなりに高価なものだから、福生は持っていないのではないかと気にした。気にしたこと自体が気になって、自分が少し嫌にもなる。

小さな十字路で、また明日、と僕たちは別れた。


塾の帰り、すっかり暗くなっている上に、雨が降り出してきそうな天気だったから、自然とペダルを強く漕《こ》いでいた。ライトが点灯しているとはいえ、細道に入ると前はよく見えない。

事故に気を付けるんだよ、とお母さんからはしょっちゅう言われているが、もちろん気を付けたところでどうにかなるものでもない。油断もあった。

曲がり角に来たところ、よく確認せず、ブレーキをほとんどかけない形で、ぐいっと左折した。

ちょうどその時、歩行者とすれ違い、ぎょっとする。衝突しなかったのは運が良かったのだろう。心臓がふわっと浮くような、体の内側が冷える感じがあって、倒れるように横の電柱にぶつかった。痛いのと同時に、頭がちかちかとした。

自転車から降りる。怪我はなかったが、どきどきはなかなか止まらない。

自転車のスタンドを立てる。

さっきの歩行者は平気だったのだろうか。

曲がり角に戻り、顔を出す。

男が立っていて、おい危ないじゃないか、と睨《にら》んでくる状況を想像したが、そんなことはなく、ずいぶん先に後ろ姿が見えるだけだった。

向こうは、僕とぶつかりそうになったことに気づかなかったようだ。

助かったような、自分だけ損をしたような気持ちにはなったが、街灯の下を、その男性が通過したところで、「あ」と思った。

久保先生？

すらっとした体格と、長い首には見覚えがあった。

先生の家はこのあたりではなかった。誰か、児童の家に寄ったところなのだろうか。

それとも、これから行くのだろうか。

とっさに僕が取った行動は、公園に自転車を走らせることだった。

福生を探しに行ったのだ。

雨降りの気配があったし、さすがに福生も公園にはいないだろうと、諦め半分ではあった。そもそも久保先生がいたから何だと言うのか、とも思ったし、慌てなくても翌日、学校で福牛とは会える。

だから、公園の花壇の前でしゃがんでいる福生を発見した時は、いたぞ！　という喜びよりも、いなくても良かったんだけれどな、という身勝手な面倒臭さを覚えた。

「別に、いつもここにいるわけじゃないからね」福生は不満そうだった。

「でもいたじゃないか」

そんな話をしている場合ではない。僕は、久保先生とすれ違ったことを話した。

「夜回りかな」

「どうだろう」僕はまた少し冷静になる。息を切らして自転車を走らせ、わざわざ福生に伝えに来るようなことでもなかったのでは？

けれど福生は、「行ってみよう」と言った。自転車に跨《また》ると、僕が説明した方向へと発進する。私にいい考えがある、とは口にしなかった。

僕もペダルを漕ぐ。ハンドルを握る右手に、しずくめいたものが落ちた。空を見やる。雲が泣くのを、ぐっとこらえている。そう感じたのはどうしてだろう。

住宅地は広くなかった。自転車でくまなく回れるほどで、だから久保先生を発見するのに、それほど時間はかからなかった。

一戸建ての前に立っていたのだ。その背中が見える。

「家庭訪問？」「そんな時期じゃないじゃん」

僕たちはぼそぼそと話しながら、離れた場所に移動して、自転車から降りる。福生と示し合わせたわけではないけれど、音を立てないように、久保先生に気づかれないようにと注意を払った。

曲がり角に隠れ、二人で覗き込むようにし、久保先生を窺う。

ほとんど夜だったから、はっきりとは姿を把握できない。けれど、とても真剣な様子に見えた。福生も声を小さくしていたから、普通とは違う何かを察知していたのだろう。

「泥棒に入るつもりだったりして」

「まさか」と答えたが、福生がそう言いたくなる気持ちも分かった。

ただ立っているだけなのに、先生が怖く感じられたのだ。

「何してるんだろう」「忍び込むつもりじゃ」「なわけないよ」

ぼそぼそと交わす言葉は、静かに吹く風で掃かれていく。

「こうしていても仕方がないから」福生が一歩踏み出した。

そのタイミングを待っていたかのようだった。

久保先生が向き合う家の、玄関のドアが開いた。屋内の明るさがふわっと洩れ出て、先生の輪郭をうっすらと描く。

福生は足を止めた。

中から出てきたのは、体格のいい男だった。歳は四十歳くらいだろうか、眼鏡をかけている。どこかで見たことがあったものだから、慌てて自分の記憶を探る。

あの顔、あの感じ、と今まで会ったことのある大人を思い出していく。

どこかで。どこだっけ。

ＤＩＹショップの店内が浮かぶ。

「潤のお父さんだ」

福生が、僕を見る。「潤の？　ああ、会ったことあるんだっけ」

「うん。間違いない、潤のお父さんだ」あれが潤の家なのか。

「先生、潤に用があるのかな」

「潤、今日も練習じゃないのかな。ミニバス」曜日が確か決まっていたはずだ。

「あ、忘れ物を探していたからその関係じゃないか？」

そうこうしているうちに、潤のお父さんが家の敷地の外に出てきた。久保先生に近づき、頭を下げている。

話を聞きたいものだから、僕と福生はそっと、自分たちこそ忍び込む泥棒のような、抜き足差し足の気分で、近づいた。

いったい何が引っかかったのだろう。

自分でもよく分からなかった。

久保先生はあまりにも直立不動で、緊張している様子だった。奇妙で、何より不気味に思えた。久保先生の姿ではあるけれど、中身が空っぽ、魂がごっそりないように見える。

潤のお父さんのほうは笑っていたが、ぎこちない。たぶん、うちのお父さんが先生に会ってもああいう表情を見せるだろう。挨拶としての笑顔、愛想笑いだ。

久保先生がそこで動いた。持っていた紙袋を地面に置き、腰を屈めてその中に手を入れた。何かを取り出そうとしている。

向き合っている潤のお父さんが、少し怯えるような、心配するような目で、久保先生を見ている。いったい何の用事でしょうか？　と窺っている。

先生が返事をした様子はない。

腰を曲げ、紙袋に入れた手をゆっくりと持ち上げる。

その時だ。甲高い音が響いた。

うわ、と僕は声を上げてしまう。音の発生源は、自分の足元だ。

缶ペンケースが道路に落ちて、中の鉛筆が散乱している。

僕の持っていた手提げバッグから、福生が勝手に取り出して、地面に落としていたのだ。どうして、と見れば、福生も驚いている。意識してというよりも、気づいた時にはやっていた、という態度だった。

　当然ながら、久保先生と潤のお父さんがこちらを見た。暗い夜の町で鳴る、突然の物音なのだから、注目するのに決まっている。

　怒られるぞ、と僕は肩をすくめた。

「ああ、将太と福生」

　先生の声が聞こえた。


　僕と福生は、その場で逃げるわけにはいかないし、そもそも逃げるほど悪いことはしていないから、久保先生のところに近づくしかなかった。

　缶ペンケースが落ちてしまったんです、と説明した。

　後で福生は、僕にこう打ち明けた。「分からないけれど、怖かったんだ。久保先生の様子が変だったじゃないか」と。

　確かにあの時の久保先生は変だった。深刻で真剣で、恐ろしかった。

「先生の恋人の命日だったし」

　命日という言葉を初めて知った。給食の時の、「二年前の今日」という言葉はそれを指していたのか。

「あのままじゃ、恐ろしいことが起きると思って、どうにかしないと、って。だけど声も出ないし、脚も震えちゃって。将太の手提げバッグに缶ペンが入っていたからとっさに、つかみ出して、落としてたんだ」

どういう理屈なのだ、と思う一方で、理解している僕もいた。その時の久保先生はとても恐ろしかった。ただ立っているだけなのに、学校とはまるで違う雰囲気で、紙袋に手を入れた瞬間は、ぞっとした。僕たちには背中を向けていたけれど、先生と向き合っている潤のお父さんの顔は見えた。愛想笑いに罅《ひび》が入って、恐怖で顔が固まっていた。

「こんな時間にどうしたんだ」先生が言ってくるけれど、僕は顔を上げられない。

久保先生は、潤のお父さんに僕たちのことを紹介する。潤君の同級生です、と。

「先生こそ、潤の家になんの用だったの」福生は訊ねた。

あ、ああ、と久保先生は言い、先ほどの紙袋ではなく自分の持っていたバッグの中から、ノートを取り出した。「連絡帳、忘れて行ったようなので」

そんな忘れ物を先生が家に届けてくれるなんて、今まで聞いたことがない。

わざわざどうもありがとうございます。潤のお父さんは言った。「潤は今、ミニバスの練習に行ってまして」

「ああ、そうでしたか」

久保先生はそれを知っていたような気がする。

「普段なら帰ってくる時間なんですが」潤のお父さんの声は弱々しかった。下を向く。

「何かあったんですか」

「ああ、いや」潤のお父さんはそこで一回、黙った。何を悩んでいるのだろう、と思うほど悩んでいる節があって、「少し」と決意したような声を出した。「強く怒ってしまったんです」

「そうですか」久保先生は感情のこもらない声だ。

「良くないと分かっているのに、感情的になってしまいました。男一人で育てているので、いろいろ不安ばかりで」

「うちはお母さん一人だよ」福生がすぐに言った。

余計な一言だったというわけではないだろうが、久保先生はそこで大事なことに気づいたかのように、「ああ、将太と福生は早く帰らないと」と言った。「もう遅いんだから」

嫌です、と反対はできない。

後ろ髪を引かれる、とはこのことかと僕は嚙み締めながら、その場を後にした。思いのほか、福生が物分かりが良かったのは意外だったけれど、やはり裏があって、潤の家から遠ざかると見せかけ、周囲が暗いのをいいことに一つ目の角を曲がった。小走りになり、「将太、将太」と手招きをしてきた。ぐるっと回って、裏手から潤の家に戻ったのだ。

潤の家には塀らしい塀がなく、低い生垣があるだけだったから、それをさっと乗り越えた。無断でよその家の敷地に入ったらさすがにまずいのではないか、とぞっとしたが、福生が、早く早くと囁いてくるため、その囁きを早く止めさせたくて、僕も真似して潤の家の庭に侵入した。

ばれたらどうなるのか。

泥棒や何とか侵入罪なのでは？

不安な僕をよそに、福生はしゃがんだまま移動する。

玄関まで行ったらさすがにばれる。まずいよ止まれ、と僕は小声で呼びかける。

「先生、私は時々、自分が嫌になって、八つ当たりのように潤に厳しく当たってしまうんです」

潤のお父さんの声が聞こえたところで、僕たちは静止する。近くにある植木鉢のようなものにぶつかったが、大きな音は出なくてほっとした。

「自分が嫌に、ですか」

「先生に話すようなことではないんですが」潤のお父さんは、体の調子が悪いのだろうか。つらそうな口調だった。

庭木の葉が小さく揺れた。いよいよ雲が雨を洩らしはじめたのだ。誰にも言えない秘密を抱えきれず、もう無理、と手から落としてしまうみたいだった。

小雨と呼ぶにも、遅いリズムかもしれないが、それでも確実に、雨のしずくが僕たちを濡らしはじめる。

「自分が嫌になるようなことがあったんですか」

「ええ、ああ、そうなんです」潤のお父さんは言う。

雨に濡れることを気にする様子もない。

何かした？　犯罪とか？　潤のお父さんが？　まさか。僕の頭の中が目まぐるしく動く。

「事故を」

僕の頭には電気が走った。前にいる福生も一緒だろう。ちらっとこちらを振り返ってくる。

久保先生の恋人が亡くなったのは、交通事故で、だ。スピードを上げて走ってきた車に撥ねられた。ということは、その運転手が、潤のお父さんなのか？　そう閃いた。先生がここに来たのは、そのためなのか、と思ったところで、僕はぞくっとした。あの恐ろしい雰囲気は、その犯人に会うからだったのか。

先生はクラスの担任になった時、潤のお父さんを見かけて、最初の保護者会でだろうか、あの時の運転手だ！　と気づいたのかもしれない。

こんなことがあるなんて、と相当、驚いたのではないだろうか。

そして今日、ここに来た。潤のお父さんに会いに？　何のために？　さっきのあの、久保先生のぴりぴりとした恐ろしさを思い出す。

何か大変なことをするつもりだったのでは？

いや、違う。内心で、頭を左右に振る。

運転手も事故で亡くなったはずだ。先生自身がそう言っていた。潤のお父さんのわけがない。

すると潤のお父さんが、「私が運転していたわけではないんですが」と言った。「ただ、私のせいだったのかもしれません。いえ、かも、じゃないですね。私のせいだったんですよ」

「どういうことですか」久保先生は、棒読みのように言った。

「仕事の出張先だったんです。駅前の横断歩道近くで、私が落とし物をして、拾ってくれた人がいたんです。彼女が、私に返すために道路を渡ってきてくれたんですが、その時に車が」

潤のお父さんの声は、大人とは思えないほどに震えていて、迷子の子供のようだった。雨が地面や家の屋根を叩く音がするだけだ。

久保先生は黙っている。

また、福生と目が合った。髪が濡れている。僕もそうなのだろう。

頭に当たる雨は、冷たさよりも重さを感じさせた。

福生は無言のまま、何か言いたげに僕に視線を向けた。

何も分からないよ。目でそう答える。

「車とぶつかったあの女性があの後どうなったのか、実はよく分からないんです」

先生は無言だ。

「事故が起きた時、待たせていたタクシーに、気づいたら乗っていました。仕事の用件があったのは事実ですけど、ただ、怖かったんです。逃げてしまったんです。忙しいことをいいことに、事故のことを調べようともしませんでした」

やはり、先生の声は聞こえない。

「ずっと気になっているんです。私はあの時、逃げてしまって。あの女性は、私のせいで事故に遭ってしまったのに。ずっとそのことが心に引っかかっているんですよね。潤には、私のような人間になってほしくないという気持ちが強すぎて、過剰に怒ることもあって」

潤のお父さんはほとんど泣いている。雨のせいかもしれないが、それを隠そうともしていない。

雨が激しくなりはじめ、久保先生が黙っているのか喋っているのかも把握できなくなった。

さすがにこのまま二人も、立ち話を続けているわけにはいかないだろうから、そろそろ解散するはずだ。そうすれば、僕たちは解放されるだろう。

「私は別に、牧師じゃないので」久保先生の声がようやく聞こえた。「懺悔《ざんげ》されても」

潤のお父さんは、見放されたかのように一瞬、表情を失った。その後で溜め息を吐く。

「誰かに聞いてほしかっただけなんですよ。今日、ずっと悩んでいまして」

「今日」久保先生が呟く。

「はい、今日は特に」

「潤君のお父さんは」久保先生は声を絞り出すようだった。「お父さんは、事故に直接関係したわけではないんですよね」

「考え方によるかもしれません」

「間接的です」久保先生は早口になった。「まったく無関係とも言えるかもしれません」

「いえ」

「だから。だけど」久保先生は、言葉を必死で選んでいる。国語のテストで、空欄に言葉を入れていく気持ちになった。だから、なのか、だけど、なのか、それでも、なのか。

「そんな風に、ずっと気にしているなんて」

「はい」

「私はそれだけでも」

声が一瞬、途切れた。

生垣のこちらでしゃがむ僕からは、先生の姿は見えない。頭の中で浮かんだ久保先生は、下を向いていた。覚悟を決めているような顔をしているのが想像できた。

「それだけでも、立派だと思いますよ」必死に絞り出すような声だった。

あとの二人の言葉は聞こえてこない。雨が強さを増した。さすがにおまえたちそろそろおしまいにしなさい、と号令をかけるかのように本格的に降り始めた。道路は一気に冷たく濡れ、しずくが音を立てる。服がびしょびしょになって、髪から水が次々と垂れていく。気持ち悪いのと愉快なのとがごちゃまぜになった。


僕と福生の間では、あの夜のことはあまり話題にならなかった。びしょ濡れで家に帰り、親からああだこうだと言われて大変だったことは共有したけれど、久保先生と潤のお父さんについては話題に出さなかった。あれをどう捉えればいいのか。僕なりの推測はあったものの、深く突き詰める気分にならなかった。

ただ一つだけ明白だったことがある。

久保先生は変わった。

それまでのぼんやりとした、ここにいてもどこか別の場所を眺めているような、「うらなり」感が消えたのだ。元気溌剌《はつらつ》、常に張り切って、というほどではないものの、つまり、車からロボットになるような劇的な変化ではなかったけれど、どこかしっかりとした。

まわりの同級生にその変化について話してみても、彼らは、「そう？」と答えてくるだけだったが僕は、変わったと確信していた。


そして学校公開の日だ。国語の授業で、事前に各班ごとにまとめた「自分たちの考え」なるものを発表することになっていた。

教室の後ろには、保護者が並び、僕のお父さんも時間通りに来ていたし、去年までに比べると、お父さんの人数が多いように感じた。うちと同じように、頼りない久保先生をチェックするつもりなのかもしれない。

結局、僕と福生は、騎士人たちのたくらみ、と言っても缶ペンケースを落として授業を邪魔するくらいの計画だけれど、そのことを先生に事前に告げることはしていなかった。

あの夜のことがあって、何だかそれどころではなくなった、というか忘れていた、というのが真相だが、そのことを思い出したのは、実際に缶ペンケースが落ちた時だ。発表が一段落した後で、がしゃん、と鳴ったのだ。板書していた久保先生が振り返る。目立つ音だったから、保護者たちも一瞬、体を固くしたのが、背中からも伝わった。缶ペンケースを拾った子を見て、久保先生は何か言いたげだったが、また黒板のほうに向く。すると別の缶ペンケースが音を立てる。

ああ、はじまった。

うんざりだ。同時に、恥ずかしい気持ちにもなる。これが、よく耳にする学級崩壊と呼ぶべきレベルなのかどうか、それは分からなかったけれど、自分たちがちゃんとできていないことを、お父さんたちに見られるのは、つらい。

「音が鳴ると、授業ができなくなるだろ。缶ペンケースは落ちにくいところに置き直しておくんだぞ」

今までの久保先生よりも、はっきりとした注意の仕方だった。やっぱり久保先生はどこか変わったのだと僕は改めて思った。クラスのみんなはたぶん、保護者が観に来ているから先生が張り切っているだけだと思っていたかもしれない。

また、缶ペンケースの落ちた音がした。

あらまあ、と保護者の誰かが小さく声を発したようにも聞こえた。

騎士人の横顔を窺えば、唇の端を少し持ち上げて、得意げだ。騎士人の父親は来ていない。朝、教室中に聞かせるような口ぶりで、「うちのお父さん、たぶん間に合わないと思うんだよね。今日もテレビ局と打ち合わせがあるみたいだし。お母さんも忙しいから」と自慢げに言っていた。

仕事で忙しければ偉いのか、と問《と》い質《ただ》したかったけれど言えない。

久保先生が振り返ったところで、「先生、授業中に申し訳ないんですが」と聞き覚えのある声が、うしろから聞こえた。

みなが体を捻る。

僕のお父さんだった。とても通る声で響く。「もっと厳しく指導してくださってもいいんじゃないですか？」丁寧な言葉だったけれど、言い方は強かった。

肩身が狭い、とはこういうことなのか。僕は体を小さくしたくなった。

保護者たちが少しざわざわする。

女の人の声が、「そうですよ、びしっとやってくれて構いませんから」と言った。

今まで発言を我慢していたのか、急に、親たちが喋りはじめる。

「私の子供のころなんて、授業中にふざけたら、引っぱたかれましたよ」別のお父さんが言う。

久保先生はそこで、穏やかに微笑んだ。

やっぱり前までとは違う。

「ありがとうございます」と答えると、チョークを黒板のところに置いた。手を軽く叩く。「じゃあ、せっかくだから、この後の授業はそのことについて話そうか」

僕たちを見渡す。

「今、みんなのお父さんとお母さんがいろいろ、アドバイスをしてくれました。確かに、私はまだ、先生になったばかりで分からないことだらけだから、ありがたいです。大事なお子さんを預けて大丈夫か、と不安になるのも当然です」

先生は正面、真ん中の位置に立った。

「今、授業中に缶ペンケースがいくつか落ちました。大きい音が出ると、授業の邪魔になる。だからやめてもらいたい。それは間違いないよね。困るから。もし、うっかり落としてしまっているのだったら、これは対策を考えなくてはいけない。落ちにくいところに置くように徹底するか、もしくは、布製に替えてもらうように規則を作るとか。ただ、わざとやっているとしたらどうだろう。わざと、缶ペンケースを落としている人がいたら、どうやってやめてもらうべきなんだろう」

いったいどういう話なのか。

「学校で習うことは、教科書やテストのための勉強だけじゃないんだ。それとは違う、答えのはっきりしないことについて、学んでほしい。だから、みんなにも考えてほしい。

わざと、周りの人に迷惑をかける誰かがいたら、どうやって止めさせればいいんだろう」

久保先生はみなを眺めていたけれど、手を挙げるのを待っているようではなかった。

騎士人をちらと見れば、退屈そうな顔をしている。

「さっき、お父さんたちが言ってくれたけれど、がつんとやるのも一つの手だね。体罰と教育の違いは難しいけれど、誰だって、痛い目に遭うのは嫌だろ。だから、次はやらないようになる。痛くしたり、怖がらせたり、恥ずかしい目に遭わせて、教えていく方法もあるのかもしれない。ただ、先生はそれじゃあ、ちゃんと解決はしないと思っているんだ」

暴力はいけないことだから？

「暴力は良くない！」久保先生は言う。「という意味じゃないよ。もちろん、暴力は良くない。ただ、もっと大事な理由は、それじゃあ通用しないことがあるからだ。たとえば、極端な話をすれば、めちゃくちゃ体が大きい小学生で、先生よりもでかくて、筋肉もあって、先生がいくら思い切り、叩いても、跳ね返されたらどうする？」

女子の数人が小さく笑った。

「効き目はないだろう。先生が叩くことで、言うことを聞かせられるのは、相手が、自分より小さくて、歯向かえなくて、弱い場合だけ、ってことになる。先生がいくら怒っても、怖く思わなかったら？　それに、もし先生がみんなを叩いたり、もしくは、恐ろしい言葉と恐ろしい声で叱って、それをやめさせたとしたら、君たちはどう思う？　将来、自分が大人になった時も、ああやればいいんだな、と思う。だけど大人になって、会社に入って、物事をビンタや怒鳴り声で解決できることなんて、そんなにないんだ。たとえば、さっき、びしっとやってもいい、と言ってくれたお母さんがいましたが」

久保先生は教室の後ろ側を見る。

「もし、その子が取引相手の子供でも、叩くことができます？」先生はすぐに笑う。

「いや、これは、冗談です。ただ、相手によっては、びしっとやれない場合もあるかもしれない。世の中に出たら、通用しないことは多いんだ。で、これは覚えておいてほしいんだけれど」

久保先生は難しいことを言っているわけではなく、どちらかと言えば、曖昧な話をしているだけだったけれど、僕は少しどきどきしはじめていた。

「相手によって態度を変えることほど、恰好悪いことはない」先生がまた歯を見せる。

「相手が弱くて、力が通用しそうな時は、ビンタするけれど、相手が屈強だったり、怖い人の子供だったら、ビンタはしない。そんなのは最低だし、危険だ」

危険？　どういう意味なのか。

「弱そうだからって、強気に対応したとするだろ。だけど、後でその相手が、実は力を持っていると分かるかもしれない。動物の世界ならまだしも、人間の、特に現代の社会では、人の持つ力は見た目からは分からないからね。だって、人間の強さは、筋肉や体の大きさだけじゃないんだから。いつか自分の仕事相手になる可能性もあるし、お客さんになることもありえる」

保護者たちは黙っていた。呆れているのか、面倒臭いと思っているのかは分からない。

「みんなに覚えていてほしいことは、人は、ほかの人との関係で生きている、ってことだ。人間関係にとって、重要なことは何だか分かる?」

「お歳暮?」と言ったのは福生だった。

彼は真剣だったのかもしれないけれど、みながどっと笑った。少し、肩やお腹《なか》から力が抜けた。緊張していたのだと気づく。

「お歳暮、それもひとつ」久保先生がそんな風に軽快に、僕たちに言い返すのも初めて見た。「でも、あいつはいい人に見られたくてお歳暮を贈ってる、とばれたらどうだろう? 逆効果だよね。そういう意味では、一番重要なのは」先生が指を立てる。「評判だよ」

さっきよりは少ないけれど、また笑い声が出た。

「評判がみんなを助けてくれる。もしくは、邪魔してくる。あいつはいいやつだな。面白いやつだな。怖いやつだな。この間、あんな悪いことをしたな。そういった評判が、大きくなっても関係してくる。もし、缶ペンケースを落としているのがわざとだったとして、もしくは、誰かに無理やり缶ペンケースを落とさせるような、自分は手を汚さずに誰かにやらせるような、ずるい奴がいたとするだろ」

クラスの何人かは、騎士人のほうに視線をやったはずだ。

「先生にはばれなかったとしても、ほかの同級生はそのことを知っている。だれだれ君は、だれそれさんは、授業中に缶ペンケースを落として授業を邪魔していたな、だれそれ君はずるがしこい奴だったたな、と覚えている。いい評判とは言えない」

こんなに活発に、たくさん喋る久保先生が新鮮で、いったい何がどうなっているのか、いつもの教室だけれどいつもの教室ではない、そもそも親たちがたくさんいることがおかしいのかもしれない。現実がごちゃまぜになった夢を見ている気持ちになった。

「みんなは、まわりの人に迷惑をかけるのは良くないと分かっていると思う。迷惑をかけたくない、というのは、別に、いい子ちゃんでいたい、とかそういう理由ではないはずだ。群れで生活をしてきた人間の習性みたいなものだよ。群れの中だと、迷惑をかける人間は、仲間から外されていたはずだから、ほとんどの人間には、まわりに迷惑をかけたくない、という気持ちがある。ただ、中には、わざと迷惑をかけようとしている人もいる。今の人の社会は、群れの中で少しくらい迷惑でも、すぐに仲間外れにはしないからね、もちろんそれはいいことなんだけれど、そういう人は単にそれに甘えているんだけとも言える。そういう人に、君たちは困らされるかもしれない。迷惑をかけて面白がる人に君たちが、良くないよ、と言っても、彼らは変わらない。反省もしてくれないことが多い。だから君たちは心の中で、可哀想に、と思っておけばいい。この人は自分では楽しみが見つけられない人なんだ、と。人から物を奪ったり、人に暴力を振るったり、彼らは結局、自分たちだけで楽しむ方法が思いつかないだけの、可哀想な人間なんだよ。もちろんこのクラスにはそんな人間はいないけれど」久保先生が念を押すように言うものだから、可笑しかった。「もし、平気で他人に迷惑をかける人がいたら、心の中でそっと思っておくといい。可哀想に、って」

久保先生の言い方がなめらかで、しかも朗らかだったから、何となく明るい話に聞こえたけれど、内容自体は意地悪なものだ。僕はまた混乱した。たぶん、ほかのみんなも同じで、もしかすると後ろにいるお父さんたちもそうかもしれない。

「悪いことをすれば法律で罰せられる。スポーツのルールもそうだ。だけど、その法律やルールブックには載っていないこともたくさんある。法律には載らないような、ずるいことや意地悪なこともある。そしてね、人が試されることはだいたい、ルールブックに載っていない場面なんだ。先生はそう思う。この間、先生が会った人は、自分が直接関わったわけじゃない出来事について、くよくよ悩んでいた。間接的にだけれど、自分のせいで誰かが傷ついたんじゃないかと苦しんでいたんだ」そう言った時だけ、久保先生の声が湿ったように思えた。「先生はそのことに、大袈裟だけれど、少し感動したんだ」

　語尾が濁り、久保先生が泣いているのではないか、と僕は心配になった。

「人間関係っていうのは意外に狭い。知り合いの知り合いが別の知り合いってこともあるし。間接的な知り合いが、実は、直接知っている人ってこともある。俺には関係ない、と思っていたら、大変なことになることもある。缶ペンケースを落とすことは特別、悪いことじゃないけれど、間接的に、みんなに迷惑をかけている。その時に、別に自分は法律に違反しているわけじゃないし、と開き直ることはできる。ただ、悪いことをしちゃったな、と思う人のほうが明らかに、立派だよ。そして、その立派さが評判を作る。評判が君たちを助けてくれる」

　久保先生が言葉を止めると、また、教室内が静かになる。

「という考え方もできるだろ」久保先生が愉快気に続けた。「どう？　先生がこんな風に、たくさん喋ったからびっくりしたかな」

　はい、とても。

　だけど誰も答えない。

　少しして一人が手を挙げた。「先生」

「何だ、福生」

「先生、どうして急に変わったんですか」ずばり、みんなの疑問をそのまま口にした。

保護者からも少し笑いが起き、教室から重りが一つ外れた感覚になる。

久保先生は照れ臭そうに、目を細めた。「ええと」と洩らした後、少し間があった。真実を話そうかどうしようか、と悩んでいたのかもしれない。

先生が変わったのは、あの、潤のお父さんと会った時がきっかけのはずだ。

雨でびしゃびしゃになった夜、あれ以降、呪いが解けたように、さっぱりとした。

あの時、福生が缶ペンケースを落とす直前、先生は紙袋の中から何を取り出そうとしていたのか。本当は何をするつもりだったのか。

そのことを話すのかなと思ったけれど、違った。

「最初に言ったように、先生はみんなに、相手を見て態度を変えるような人になってほしくないんだ。だいたい、相手がどういう人なのかはすぐには分からないからね。相手を舐めていたら、実は、怖い人だったということもあるかもしれない。最初の印象とか、イメージで決めつけていると痛い目に遭う。だから、どんな相手だろうと、親切に、丁寧に接している人が一番いいんだよ。じゃないと、相手が自分の思っているような人でないと分かった時、困るし、気まずくなる」久保先生はまた微笑んだ。「だから」

だから？

「今までは、少し頼りない先生のふりをしていたんだ」

嘘だな、と僕には分かった。そんな理由ではない。ただ、違いますよね！　とは言えなかった。

「先生が弱々しかったら、それに甘えて、言い方は悪いけれど、調子に乗る子もいるかもしれないだろ。一方で、先生がどうあれ、ちゃんとしている子はちゃんとしているだろう」

「それを見極めるために、わざと駄目な先生のふりをしていたんですか？」福生が不服そうに言う。「ずいぶん意地悪じゃないですか」

「確かに」久保先生はうんうんとうなずきながらも、笑っている。「俺は結構、意地悪なんだよ」

「あ、先生」福生がさらに張り切った声を出した。

「何？」

「これまでは、世を忍ぶ仮の姿だったということ？」

久保先生は苦笑いで、首をかしげる。どういう意味だ？　と訊ねている。

「本当は宇宙人なのに、車の姿をしていたんですか」

「全然違う」久保先生が愛想なく否定したのが可笑しくて、教室内が沸いた。

「将太、さっきの久保先生の話、意味分かった？」授業が終わり、下校するために昇降口で靴を履いていると、福生がやってきた。ランドセルがちゃんと閉まっていないから、蓋の部分がぱかぱかと音を立てている。

「よく分からなかったよ」

「僕も。評判が大事、というのは一理あるとは思ったけど」

「一理あるのかなあ」

「あれが本当の久保先生なのかな」

「本当の？」

ゲームセンター前で会った、久保先生のことを久保君と呼んだお姉さんのことを思い出した。「久保君」は小学校の先生になるのが楽しみだった、と言っていた。今日の先生には、その雰囲気があった。

「本当の、オプティマスプライム」

「しつこい」

昇降口を出て、校庭を通って、外に向かった。その時、騎士人が後ろから通り過ぎて行く。

「ああ、騎士人」と福生が呼び止めた。

「何だよ」

「もう、あれやめたほうがいいよ」

「何をだよ」

「授業の邪魔」

「してないだろ、そんなの」

「久保先生も言ってただろ。騎士人といえば、授業を邪魔するのが好きな奴、迷惑かけても平気な奴、そのイメージがもう定着しちゃうよ。口には出さないけど、心の中では、可哀想に、とみんな思っているかもしれない」

「そんなことない」騎士人のむっとした様子は普段とは違い、余裕がなかった。

久保先生の話は、僕たちよりも、頭のいい騎士人のほうが、ぴんと来たのではないか。

「そんなことより、福生、おまえはその、貧乏臭い服をどうにかしろって」

「久保先生も言っていたじゃないか。相手を見て、態度を変えるのは良くないって。外見とか服で判断して馬鹿にしてると、痛い目に遭う」

「ないって、そんなこと」

どこからか、「そんなことって何のことだ？」と声がした。

「あ、お父さん」と騎士人の声が高くなる。

背が高く、日焼けした肌の、恰好いい男の人が立っていた。堂々としているように見える。

これがあの、と僕は思った。かの有名な、騎士人のお父さんか、と。

「騎士人、悪かったな。間に合わなかったよ。急いできたんだけれど」

「いいよ別に。大した授業じゃなかったし」

そんな言い方をする騎士人を、父親は注意することもなかった。

父親が、僕たちに視線を寄越し、「騎士人の友達か？」と言ってくる。

「同級生。友達じゃないよ」

騎士人が言い、僕たちはむっとし、騎士人の父親は、ふふ、と笑う。

さらにそこへ、小走りでやってくる人がいた。スーツ姿の女性で、「ああ、福生、ごめんね」と寄ってくる。

福生が恥ずかしそうに、ぼそぼそと返事をした。

「仕事、やっぱりぎりぎりで。観たかったんだけどなあ、授業」

ううん、しょうがないって。

福生は大人びた言い方をしたものの、少し幼くなったようにも見えた。

僕は、福生の母親を少し観察してしまった。薄っぺらい服ばかりを着る福生の母親がどんな服装なのか、気になったからだ。別にお母さんの服装が薄くて寒そうなんてことはなく、まあそりゃそうか、と思う。うちのお母さんは持っていないような、高そうなバッグも抱えていて、それが似合っている。きびきびして、背筋も伸びていた。

「あれ」声を発したのは、騎士人の父親だった。

何かと思えば、僕たちの近くにやってきて、「保井さんじゃないですか」と急に頭を下げはじめた。

「ああ」と答えたのは福生の母親で、やはり親しそうに挨拶をはじめた。「いつもお世話になってます」

「いやあ、こちらこそ」騎士人の父親は、先ほどまでより一段階、きりっとした態度になった。「この間は、保井さんのおかげで、本当に助かりました」

仕事の関係？　とぼんやり眺めていたところ、騎士人が少し心配そうに、「お父さんの知り合い？」と訊ねた。

「うちのクライアント、お客様だよ。いつもお世話になっているんだ。そうでしたか、同じ小学校の」

「そうだったんですね」福生の母親は穏やかにうなずいている。「世間は狭い」

へえ、などと福生は口を尖らせ、「お母さん、こっちが将太。最近、よく遊んでるんだけど」と言った。

「ありがとう。この子、いつも同じ服で、みっともないんだけど」彼女は照れ臭そうに微笑んだ。「前に、父親が買ってきてくれたものだから」と言った。

恥ずかしいのか福生は、「そういうんじゃないんだって」と手を振る。

父親が買ったものだからどうだと言うのだろうか。訊くことはできず、僕はただ、彼の着る、洗い過ぎて薄くなった、ロゴも消えかけのTシャツを眺めた。

「まさか保井さんのお子さんと、うちのが同級生とは。おい、仲良くやってるんだろ?」騎士人の父親は少し強い言い方をした。

「お友達なのね?」母親が、福生に訊ねた。

すると福生は少し笑い、まさにオプティマスプライムの台詞「私にいい考えがある」を口にしそうな顔つきになった。

騎士人は、父親を気にしながらも、福生を見ていた。頼むぞ、と念じてくるのが分かった。

福生はにやけたまま、答えるために、すうっと息を吸った。

アンスポーツマンライク

残り時間をほとんど気にしていなかった。観客席からは、僕の両親やチームメイトの親たちの、ああだこうだと叫ぶ声が飛んでいる。

「やってる俺たちよりも、偉そうなの謎」と駿介《しゅんすけ》が以前洩らしていたが、みな同感で、バスケットボールの経験などないにもかかわらず、親たちが試合の動画を再生しながら、「歩《あゆむ》、どうしてここでシュート打たなかったんだ?」だとか、「今のはパスだろう」だとか言える神経が理解できない。恥ずかしくないのだろうか。

相手チームがタイムアウトを取り、僕たちはベンチに戻った。

得点を確認する。残り一分で三点差、負けている。もう駄目かな、と思うことも、チャンスはある、と思うこともできた。

「お疲れお疲れ。いけるぞ」コーチの磯憲が、僕たちに声をかける。僕たちの学校の先生で、バスケットボール経験者らしいけれど、特別に上手だったわけでもないという。

肩で息をしながら、僕たちは五人で顔を見合わせた。

「三点差か」「早めにボール取らないと」「あと一分かあ」

センターの剛央《たけお》がシュートを決めたところで、相手チームがタイムアウトを取った。流れを持っていかれている危機感はあるのだろう。相手側からスタートするが、そこで点数を取られたらかなりきつい。

「もう一回、今のでいいよ。匠《たくみ》、さっきみたいに俺にパスを」剛央が言う。六年生で身長一六五センチ、体格もがっしりしており、まさに大黒柱のセンターと言えるが、敵チームにはさらに大きな選手がいて、この試合もずっといい位置ではボールを受け取らせてもらえていなかった。終盤になり、剛央がようやく裏をかけるようになってきた。

「だけど、パスカット怖いんだよね。今のは運が良かった」小柄な匠がぼそぼそと洩らす。匠のパスはいつだって、鋭く、的確だ。バウンドさせる角度やコースは絶妙で、上にふんわりと投げ、ディフェンスを越すボールも上手だったが、その匠が慎重になるほどに、敵の動きがいいのかもしれない。

「三津桜《みつお》、外から打てそうなら打っていいぞ」磯憲が、僕の隣にいる三津桜に声をかけた。

いつもにこにこし、丸顔ゆえにふわふわしたお菓子のような雰囲気の三津桜も、さすがに真剣な面持ちで、うなずく。

「スリーがあれば」僕は意識するより先に言っている。ミニバスにはスリーポイントシユートのルールが適用されていない。どれほど遠くからゴールを決めようが二点だ。

「おまえが何もやっていないから、追いつかれているんだろうが！」

相手ベンチから、大声で怒鳴る声がした。見れば、男のコーチが長身の選手を糾弾するかのように指差している。体育館内がしんとした。

「追いついたのは、こっちが頑張っているだけで、あの子は悪くないんだけどな」磯憲は、寂しげな表情を浮かべる。

「懐かしい香りがする」駿介がぼそっと言い、僕たちはふっと笑った。

もともと僕たちのチームのコーチは、磯憲ではなく別の人だった。ミニバスチームは中学校以降の部活動とは異なり、学校と直接結びついているわけではなかったから、一般の人が練習指導をし、試合中の指揮を執ることが多い。うちの場合は、昔はどこその名選手だったという、始終、怒鳴ってばかりの、おじいちゃんだった。おじいちゃんとはいえ、僕たちよりもよっぽど元気が良さそうで、試合となれば開始から終了まで声を張り上げ、ミスをした選手を大声でなじった。嫌だな、とは思ったが、そういうものだろう、と諦めていた。みんなとバスケをやるためには、このおじいちゃんの罵声《ばせい》に耐えるしかない、と。そもそも試合をしてみれば、怒っているコーチはうちだけではなかった。全員とは言わないが、それなりに多く、これが普通なのかもしれない、と子供としては思っていたのだ。

疑問を投げかけたのは、予想外の人、三津桜の母親だった。六年生になったばかりの頃だ。

練習中、指示通りに僕たちが動けなかったことによほど腹が立ったのか、おじいちゃんコーチは癇癪《かんしゃく》を起こしたように怒鳴った。そして、その時にプレイを誤った三津桜に対して、ああだこうだと説教をはじめたのだ。

そこにやってきたのが、三津桜そっくりのお母さんだった。迎えに来るついでに練習を見学していくつもりだったのだろう。年齢も若く、僕の親より十歳は下だ。「離婚したお父さんはヤンキーだったらしいけれど、お母さんは違う」と三津桜が言ったことがある。

その三津桜の母親が、コーチに言ったのだ。「あ、それ効果ないです」と。

みなが、コーチはもちろん、僕たちやほかの、その場にいた保護者たちが驚いた。三津桜の母親は、「あ、ごめんなさい、つい」と口に手を当てた。が、そこでやめるのではなく、世間知らずのお嬢様が周りの雰囲気を気にかけないかのように、さらにコーチに近づいた。「コーチ、うちの三津桜、そんな風に怒鳴られても全然響かないんですよ」

三津桜はくしゃっと表情を緩め、こくこくとうなずく。緊迫した状況も気にせず、のんびりとやり取りする三津桜親子に、思わず笑ってしまったが、コーチの強張った顔を見て、慌てて表情をひっこめた。

「そういう風に言われると聞き流しちゃうんですよ。怖い、と思う感覚が違うのかな。わたしも困ってるんですけど」

三津桜の母親はいつも、お伽《とぎ》の国で暮らしているかのような、のんびりした口調だったものだから、理屈でコーチを言い負かそうとしているようには感じなかった。実際に、三津桜にはそういった性質があるらしかった。

コーチは顔を赤らめ、怒りのために震えていたが、三津桜の母親はまだ続けた。「あ、でも、コーチがほら、いらいらを発散させたいとか、感情を抑えきれないで怒鳴りたいだけでしたら、ぜんぜん構わないですからね」とこれもまた、保育園の先生が幼児に言うかのように言った。「うちの三津桜はまったく怖がらないので、ちょうどいいかも」

後で子供だけになった時に駿介が、「言われてみればさ」と口に出した。「いい大人が、小学生にあんなに顔を近づけて、怒鳴りつけないと教えられない、って時点で、恥ずかしいよな」

確かにその通りだ。「三津桜みたいに怖さを感じない奴がいたら、怖がらせる以外に指導方法を持ってない、そのコーチ、詰みじゃん」

「三津桜のお母さん、鋭いな」

結局、コーチは少しして辞めた。やりにくかったのかもしれない。

そして、「新しいコーチがいないとバスケができない！」と騒いでいた僕たちの声を聞いて、腰を上げてくれたのが磯憲だったのだ。実は資格を持っているのだ、と。

　磯憲は、三津桜の母親の話など知らないだろうに、声を荒らげることなく、常に落ち着いて僕たちを指導した。試合の際も、「どうしておまえはそうなんだよ」であるとか、「早くやれよ」であるとか、「どうしたらいいか考えているのか」であるとか、抽象的な上に威圧感を与えるような、無意味な大声を上げることは一切なく、具体的なプレイ、走るラインや立つべき位置の指示を分かりやすく出してくれた。大幅に点差がついた負け試合となれば、「点差は忘れよう。次にやった時には勝つように」と相手の弱点を探りながら、連係プレイを何度もトライさせてくれた。その結果、惨敗した相手に、二度目で勝つこともあった。

　タイムアウトが終わるブザーが鳴る。相手チームのコーチは、ぎりぎりまで選手を叱りつけていた。

「負けたくねえな」駿介が、相手ベンチに目をやった。

同感だった。結局、暴言指導法を採用したチームのほうが強い、なんて結果は悔しい。

「残り一分」磯憲は、僕たちを送り出す時に言った。これで負けたら、小学校のバスケの公式試合はおしまいだった。「バスケの世界では、残り一分を何というか知ってるか？」と磯憲は問いかけてきた。

　何て言うの？

僕をはじめ、みんなが振り返る。

永遠だよ、永遠。

磯憲がそう、くだらない答えを言うのを聞きながら、僕たちはコートに出ていく。

相手がエンドラインからボールを投げ入れ、試合が再開される。まずはボールを奪わないことにははじまらない。得点されて五点差になったら、かなり厳しい展開、というよりも絶望的になるのは間違いない。

ポイントガードのポジションにいる僕は、相手のポイントガードのマークをする。ボールを出す際にカットできれば最高だったが、そううまくはいかない。ボールを突く相手を真正面に見ながら、意識を集中させる。抜かれてはいけないし、有効なパスも出されたくない。体の隅々まで、意識をぴんと張る感覚だった。

三点差、あと一分、時間はどんどん減っていく。焦っちゃいけないけれど焦る。

前にいる相手選手はドリブルが上手い。ゆっくりと突いているが、下手に動けばその隙《すき》を突かれ抜かれる可能性があった。けれど、行かないことには逆転は無理だ。このまま待って、時間切れになるのは嫌だ。

ギャンブルはするな。

前のコーチはよく言った。競馬やパチンコという意味ではない。「うまくいけば最高だが、駄目だった時は最悪の展開」というプレイはしないほうがいい、ということだ。確かに、一か八かに賭けてみたくなることはよくある。うまくいった時の喜びを想像したら、どうしたって挑戦したくなる。

「そんな自分勝手なプレイは許さないからな。俺の言う通りにやればいいんだよ」

おじいちゃんコーチはそう言った。選手を駒の一つにしか捉えていない感じで腹は立ったけれど、ギャンブル的な動きが危険なのは理解できた。

磯憲も似たようなことは言った。「無理はしないほうがいい。派手なプレイよりも、地道な動きを、真面目に繰り返すほうがよっぽど強いんだ」と。ただ、「だけどもし」とも続けた。

だけどもし、試合中、次のプレイで試合の流れが変わると信じたら、その時はやってみろ。それはギャンブルじゃなくて、チャレンジだ。試合は俺や親のためじゃなくて、おまえたちのものだ。自分の人生で、チャレンジするのは自分の権利だよ。

「うまくいかなかったら、後でみんなに謝ればいい。失敗したらコーチの俺のせい、成功したら君たちの力だ」と磯憲はさらに言ってから、「なんて恰好良くまとめてみたけど、失敗は俺のせい、なんてちょっと言いすぎだったな」と苦笑いした。

いける。

僕はボールに向かって、手を出した。感触がない。相手選手がくるっと反転し、すり抜けられたのだ。

やられた。

僕のせいだ。みんなごめん。一瞬の間にさまざまな思いが頭の中に広がった。負けた。追わないと。

きゅっ、と後ろでコートの床が鳴った。

三津桜が抜かれた僕をフォローするために、飛び出してくれたのだ。相手が少しバランスを崩し、ボールが横に逸れたのを、三津桜が弾いた。

ナイスカット！　僕の内側から、声が響く。ボールが転がる。三津桜が飛びついた。

慌てて相手選手もボールを持つ。膝をコートにつく形で、取り合いがはじまった。

穏やかで平和主義のかたまり、みたいな顔をしている三津桜だけれど、ボールの取り合い、ルーズボールを制するのが得意だった。

飛びつくのが早い。

そして、つかんだボールは離さない。

膠着《こうちゃく》状態になれば、相手ボールから再開になるため、ここは何としても奪ってほしい。三津桜なら、と僕は思う。取ってくれるはずだ。

あと一瞬でも遅かったら、審判が笛を吹いてリスタートとなったかもしれない。三津桜がボールをしっかりとつかみ、立ち上がった。

「三津桜！」

叫んだのは駿介だ。前に走り出している、というよりも、こぼれ球を物にするのは三津桜だと信じ、走りはじめていたのだろう、ほとんどゴール近くに辿り着いていた。

迷わず、三津桜がパスを出した。が、相手にもコースを読まれていた。飛び上がった相手選手の手にボールが当たる。つかむところまではいかなかった。歓声と悲鳴が交互に、瞬時に飛び交う。

ただ、それを今度は匠が拾った。小柄な体を生かして、床を滑るように走り、ドリブルをする。

ゴール下にいた駿介にはマークがついてしまったため、投げられなかった。

「歩」と匠が僕にパスしてくる。スリーポイントラインの少し手前、四十五度の角度だった。僕につくディフェンスは、先ほど三津桜とボールを取り合っていたから、戻りが少し遅れている。

前は空いていた。中にドリブルで切り込んでいくと相手のセンターが立ちふさがってくるのは想像できた。この位置からシュートは打てる。

打て、と頭は言っていた。ここでシュートしなくていつするんだ、と分かっていた。

体がすぐに動かなかったのは、とっさによぎった、「外れたら？」という思いだった。

三点差の接戦、もう時間がない中、僕がその貴重なチャンスを潰していいのだろうか、と不安になったのだ。打たなければゴールは入らない。当たり前のことだ。ただ、外れたら？

大事な一歩が踏み出せるように。親は、僕の「歩」という名前を、そういった気持ちでつけてくれたらしい。それなのに、僕は肝心の時にためらってしまう。

クラスで劇をやるために役決めをする時も、手を挙げ、注目されるのが怖くて希望の役を諦める。町内の遠足で遊園地に行き、人数限定のアトラクションにも、「僕も！」と主張することができず、乗れなかった。

踏み出さなければリスクは少ない。けれど、得たいものも得られない。

一歩、前に！

僕の前にディフェンスが戻り、手を挙げて構えた。

チャンスを失った。そのことを悔やんでいる余裕もない。残り時間は分からない。

もう一度、匠にボールを戻した。

匠は、僕とは違い、いつだって冷静で、躊躇《ちゅうちょ》がない。すぐにドリブルで中に入っていく。低い姿勢で、そのままシュートまで行くかのようだったが、ディフェンスが立ちふさがる直前に、床を這うようなパスを外に出した。ボールは床にバウンドし、角度のない、スリーポイントライン近くに立つ三津桜に渡った。

ゴール下には剛央が、リバウンドを取るために陣取っている。

「三津桜も歩も外から打てる時は打っていいからな。俺がリバウンド取るから大丈夫」

よく、剛央はそう言った。意気込みとは裏腹に剛央がリバウンドを取れないこともそれなりにあったけれど、大丈夫俺が取るから、の言葉は心強かった。

三津桜は迷わずシュートを打った。美しい弧を描く。時間が止まったかのようで、僕はその軌道を見ながら、「入れ入れ」と念じている。

ボールがリングに当たり、跳ね返った。駄目か、とがっかりしている場合ではない。このボールをどちらが保持するかにすべてがかかっている。

剛央が、落下してくるボールをじっと見上げている。背の高い相手選手を押しやるように場所を取り合った。

はじめにジャンプしたのは相手選手だった。剛央がその後で跳躍する。手を伸ばす。身長では負けているが、跳ぶ勢いとタイミングの読みは、剛央の勝ちだ。指先がボールに当たる。

跳ね上がったボールをさらに剛央がジャンプで、弾く。お手玉のように、誰の手にも収まらず、ボールが舞う。

剛央が両手でようやくキャッチするのが見えた。両足同時に着地する。そのまま決めろ！　と僕は内心で叫んだ。

ゴールに向き合う剛央の前に、相手選手が二人、壁のように手を挙げ、立った。

横を疾風じみた勢いで、駿介が駆けてきたのはその時だ。ゴールに向かって、音もなく走ってきた。

剛央がその駿介に、もとからそこを通ってくることを知っていたかのように、ひょいとパスを出す。

駿介、頼む。

直後、受け取った駿介がゴール下を回り込む。

音が消え、その素早い駿介の動きがゆっくりとしたものに見えた。

跳躍し、体を捻っている。バックシュートを狙っている。

手が伸び、ボールが離れる。入れ、と僕が祈るように見ている中、ボールがゴールネットを通る音がした。

ガッツポーズを決める駿介と剛央が見え、その瞬間、誰かの歓声が聞こえた。僕も右手で拳を作っていた。三津桜が表情を緩める。匠は涼しい顔で、「まだあと一点」と声を発した。

残りは二十秒弱だ。

向こうは二十秒の間、ボールを僕たちに渡さなければ、それで勝つ。エンドラインから相手がボールを出すのをまず妨害したかったが、身構える前にパスが出されてしまう。奪いたかった。無理をすればさっきと同じように裏をかかれてしまう。ファウルするのも避けたい。頭の中で、ストップウォッチが、というよりも砂時計の砂が恐ろしい速さで、落ちていく。

ハーフラインを越え、僕のマークマンが足を止め、ボールを突く。このまま時間が過ぎたら負ける。動かなくちゃ、と思いつつもまた失敗するのが怖くて勝負に出られない。

横に、匠が飛び出してきたのはその時だ。二人で囲む形になる。ドリブル中のボールマンには、ダブルチームは許されるとはいえ、その分、匠がマークしなくてはいけない選手はがら空きとなる。リスクはあるが、もちろん、今はリスクがどうこう言っていられる状況でもない、と匠は思ったのだろう。

ギャンブルではなく、チャレンジだ。

一人では自信がなかったが、二人なら、と思った。背中から熱い自信が湧き上がるかのようだ。

相手が少し焦った。ドリブルがずれ、そこを匠が低い姿勢で狙い、ほとんど指先だけで、前にボールを突いた。

転がるボールを、僕がつかんだ。

「歩！」と横を駿介が走っていく。相手のディフェンスも食らいつくように、駿介の横を駆けている。

こういった場面ではいつだって、駿介が決める。今までそうだったのだから、今回もきっとそうだ。

長いパスを出すのは得意だった。

駿介の走る前方を狙い、ボールを突き出す。届け。駿介が受け取り、走り出す。煙を起こすほどの速さに見えた。このままゴールにレイアップを決めて逆転、といった光景が目に浮かぶ。タイマーを見れば、残り五秒はある。

行ける、と思った。直後、駿介が転んだ。床が滑ったのか、かくんとバランスを崩した。

あ、と体育館中に声が響いたようだったが、その後は無音だった。僕の耳が塞がってしまったのかもしれない。

慌てて立ち上がる駿介と、ボールを拾う相手選手が見える。その相手がドリブルで移動をはじめたが、駿介がとっさに出した足に躓《つまず》き、ひっくり返った。

審判が笛を鳴らし、自らの左手首を右手でつかむ仕草をし、掲げるようにする。

アンスポーツマンライクファウルだ。


と、その時のことを思い出していると三津桜が、「歩、何をぼんやりとしているの」

と訊ねてきた。

「あの時のアンスポのことを思い出していたんだ。五年前」

「アンスポ？　ああ、駿介の？」と三津桜はのんびりと訊き返し、駿介は舌打ちするような顔になった。

「久しぶりに会ったっていうのに、わざわざ思い出すなよ」

「久しぶりに会ったからだよ」

小六のミニバス最後の大会、僕たちは結局負けて、決勝トーナメントには行けずに終わった。アンスポーツマンライクファウルとは、そのまま訳すと、スポーツマンらしくないファウル、ということなのだろうか、とにかく重い反則だった。相手にはフリースロー二本が与えられた上に、相手からリスタートとなる。あの時の相手チームは二ゴールとも決め、そのまま試合終了を迎えることになった。

「俺も時々、思い出すよ」剛央が言う。

「あのな、アンスポなんてそんなに珍しくないだろ」

特別、乱暴なプレイでなくとも、相手の速攻を故意のファウルで止めようとしただけでもアンスポーツマンライクファウルは取られるため、確かに、それほど珍しいものではなかった。

「ただ、あそこまで豪快に、相手の足を引っかけるファウルは珍しい」

りということだった。

「わざとじゃないって」

中学を卒業してから、五人とも違う高校に進学したため、全員で会うのはほぼ二年ぶりということだった。

日曜日の昼過ぎ、僕たちの再会を祝うかのように、祝うというよりは単に邪魔しない程度のかかわりかもしれないが、空は清廉な青色を纏《まと》い、雲も隠していた。

先ほどまでいた磯憲の自宅、窓際のベッドから体を起こした磯憲が、カーテン越しの外をちらっと見て、「秋晴れだな」と言っていたのを思い出す。

「剛央、おまえは小学生の時がピークだったじゃねえか。身長は今じゃ、俺のほうが少し高い」駿介が揶揄《やゆ》するように言ったのは、あのアンスポのことで責められるのを避けたかったからかもしれない。「どうせなら、中学最後の俺のバスカンを思い出せよ。同点に追いつく、必殺の」

「結局あれも負けたけど」匠が言う。依然として僕たちの中では小柄だが、それでも五人の中では一番大人びて、しかもさっぱりとした二枚目、私服もお洒落《しゃれ》なものだから、置いていかれた気持ちを覚えた。

「それより、さっき言ってたけど、駿介、バスケ部辞めたの?」

「辞めたよ、辞めた」

ベッドから体を起こした磯憲を相手に、それぞれが近況を話したのだが、その時に駿介が、「先生、俺はバスケ部辞めて、今は帰宅部」と話していたのだ。意表を突かれたせいか、僕はその場ですぐに問い質せなかったのだが、三津桜も気になっていたのだろう。

剛央は知っていたのか、「ほんと、もったいないよなあ」と小声でぶつぶつ言っていた。

「何で辞めたの」

「いろいろ」彼は短く答える。

「じゃあ、バスケ続けてるの、剛央だけになっちゃったのか」三津桜がのんびりと言う。

匠は県内随一の進学校の、特進クラスなるところで、父親と同じく医者になるべく、毎日みっちりと勉強しているらしい。三津桜は、高校入学後にバスケ部に入ったものの、母親の経営する喫茶店を手伝うため、部活は辞めたという。僕はといえば同級生とバンドを組んで、ライブ活動の真似事などをしているが、特別な目標や野心があるわけでもない。

中学時代もバスケ部員は多くなかった。ミニバス時代の人数不足はもうごめん、の思いで、同級生を片端から誘ったが、テニスブームのあおりも受け、入部したのは結局この五人で、最後の年も、下級生をまぜながらもほとんどこの五人で戦った。ずっと一緒に五人でやってきたのに、今はばらばらなのだから不思議なものだなとは思った。

剛央は、駿介と同じくバスケットボールの名門校に入った。身長こそ伸び悩んでいるとはいえ、準レギュラーの位置で練習に励んでいるらしい。

「高校で、駿介と試合するのを楽しみにしていたんだけどな」生真面目な剛央が言うと、何気ない言葉も、重々しい告白に聞こえる。

駿介は言葉ではなく、乾いた笑い声で答えた。

「磯憲、どうなんだろうね」何か喋ったほうがいいと思いつつ、僕の口から洩れ出たのはそれだ。

「匠、どうなんだよ。磯憲の病状は」剛央が訊ねたが、もちろん、ただの医学部志望の頭のいい高校生に過ぎない匠に、磯憲を診断できるわけがない。

分かるわけがないだろ、と答えることすら匠は面倒そうだった。「磯憲も言ってたじゃないか。『どうせなら、家にいるほうがいいな』って。ってことは、そういうことなんじゃないの」

「そういうことって、どういうことだよ」

磯憲が病気で教師の仕事を休んでいると知ったのは半年ほど前だった。僕の母親が人づてに聞いたのだが、どうやら重い病気、たぶん癌《がん》らしい、という話だった。あの磯憲が、まだ若いのに、と僕はショックを受けた。お見舞いに行ったほうがいいのでは、と思ったが、例によって僕は、その一歩が踏み出せずに、どうしたものかと悩んでいた。

すると、たまたま塾の帰り道に会った三津桜が、「お見舞いに行くしかないね」とあっさりと決めてくれた。

母親に相談した後で磯憲の自宅に電話をすると、磯憲の奥さんが、「ぜひ、来てください」とこちらが驚くほどはっきりと言ってくれるものだから、それならばとミニバス時代の五人を招集することにした。

磯憲は僕たちを満面の笑みで迎えてくれた。「暇で暇で仕方がない」と冗談めかしていたが、それは心からの言葉に聞こえた。パジャマ姿の先生など見たことがなかったから、あまりにリラックスした恰好に、戸惑ってしまった。しかも、ずいぶん体が小さく感じられた。僕自身が大きくなったからか、とも思ったけれど、裾から覗く足首は、びっくりするくらいに細くて、目を逸らしたくなった。

「先生、何の病気なの？」

剛央がずいぶんダイレクトに、失礼とも思える質問をぶつけたのも、細く、弱々しくなった先生の姿に動揺したせいだろう。

お見舞いにやってきたのはいいものの、病人を前にどう振る舞い、どんな言葉をかければいいのか僕たちは分からず、居心地悪くその場にいた。

「癌だよ。癌」磯憲は無理した様子もなく、言った。どこの癌なのかも教えてくれたのだけれど、僕の頭にはうまく入ってこなかった。

帰り道を僕たちは、五人で横一列になったり、二列になったり、隊形を変える航空部隊のように、歩きながら話をした。駅の近くのファストフード店にでも行こうか、と誰かが言い、「今日この後テストだから」の匠以外は同意した。

「あれ本当なのかな」言ったのは剛央だ。

「あれって何？」と訊き返したのが三津桜で、「磯憲が試合観てるって話？」と当てたのは匠だ。

具合が悪かったり、薬の治療で大変な時はよく、おまえたちの試合を観ていたんだよ。磯憲はそう言っていたのだ。

「あの最後の試合、残り一分三点差、あそこからの展開はほんと胸が熱くなる。元気が出る。本当に、元気が出るんだ」

磯憲は、あの時、臨時のコーチのような役割だったから、僕たちが卒業した後しばらくして、ミニバスのチームからは離れたらしかった。もしかすると、その頃から体調は良くなかったのかもしれない。とにかくそれだけに、僕たちの試合が印象に残っているのだろう。

試合を録画したＤＶＤを再生して観て、それが無理な時でも頭の中で思い出していた、と話した。「あんなにみんなが頑張ってるんだから、俺も頑張らないと、と思えた。何度も観てるよ」

何度も何度も、と磯憲は強調した。

僕たちは、気恥ずかしかったためすぐに返事はできず、少ししてから駿介が、「記憶の中では俺は、アンスポ取られてない？」と冗談を口にした。

「ばっちりファウルしているよ。足で転ばして、あれはひどい」磯憲が口を大きく開けて笑う。笑顔は昔と変わらなかったけれど、その時よりも輪郭が薄く感じられ、僕は寂しくなる。


「あ、あれ」と剛央が言ったのは、市民公園の横を通りかかったところだった。公園の芝生広場の方角を指差す。

バスケットボールのゴールが設置されているのだ。比較的新しそうだった。

「行ってみよう」剛央が言う。

「行ってみたところでどうするんだよ」と匠が口を尖らす。

「ボールもねえし」駿介が面倒臭そうに答えた。

ただ、公園を横切ったほうが近道になるため、僕たちは園内に入り、芝生広場を通り過ぎた。

日曜日の昼過ぎにしては空《す》いているように感じたが、それでも、小さな子供たちがちらほらと遊びまわっている。

バスケットゴールのある場所は少し奥で、ストリートバスケのコートらしく、三対三のゲームをする人たちが遠くからも見えた。

「仲間に入れてもらおう」

「剛央、おまえと違って、中学卒業後はバスケやってないんだから、動けないって」僕は主張した。

「そうそう、俺なんてこの間、体育の時間にバスケをやったけどシュート全然入らなかったし」駿介が、照れ隠しなのか伸びをした。

「いや、駿介はそれじゃ駄目だって」

「何でだよ、三津桜。おまえだって、バスケから遠ざかってるんだろ」

「いや、僕と、駿介とは違うよ。駿介には頑張ってもらわないと」

「何でだよ」

駿介は、バスケを辞めた理由については口を濁していた。だから、そのことに踏み込むのはためらわれたのだけれど、三津桜の言い方は強く、僕は少し驚いた。

「だって、昔から駿介はバスケ選手になると思っていたから。プロとまではいかなくても、ずっとバスケプレイヤーで」

「無理だって」

「じゃあ、ユーチューバーでいいじゃん。最近、多いよ。バスケで一対一やったり、シュートチャレンジしたり」

「ユーチューバー？　俺が？」

「駿介は結構、華があるから、向いてるかも」

「三津桜、しつこい」と駿介は乱暴に受け流した。

「そうだよ、このことに関しては僕はしつこいよ」と三津桜が言う。

うるさそうにあしらう駿介も、バスケットゴールのある場所への直線コースを逸れるそぶりは見せなかった。意外にやる気はあるのかもしれない。久しぶりに駿介や剛央のプレイを見られるのは楽しみだなあ、とのんびりと思いながら僕は後に続いた。

「歩、ちょっと」匠がふと呼びかけてきた。僕が一番近くにいたからだろう。

え、と見れば、彼は広場脇のベンチ近くにいる男に視線をやっている。

その男は立ち上がったばかりの様子だった。リュックサックを持っている。モスグリーン色のジャンパーを羽織り、青いジーンズはあまり合っていない。体格は良く、肩幅もしっかりしていたが、猫背のせいか生気が感じられなかった。

年齢は僕たちより上、二十代だろうか。子供を連れてきた父親にしては若いから、休日にのんびりと公園で一息ついているのかもしれない。もしくは、何らかの時間調整で座っていたのか。

だから匠が、「あいつ、怪しくない？」と言い出した理由がはじめは分からなかった。

「え、何が」

「どうしたの」三津桜が振り返ると、剛央と駿介も立ち止まった。

あの男、と匠が礼儀そっちのけで、前方の男の背中を指差した。「怪しくない？」

「どういう風に」

「最近もあったじゃん。都内で」

何を指すのか、ぴんと来た。半月ほど前だが、通り魔事件があったのだ。若い男が刃物を振り回し、繁華街で死者が出た。逮捕された犯人は悪びれることもなく、自分の人生についての恨みを述べている、とニュースで報道されていた。

「ああいうのって、一回起きると、あちこちで似たようなのが起きるんだ」匠は言う。

「伝染するのか。それとも、ああ、その手があった、とでも思うのかな」

モスグリーンジャンパーの男はのしのしと歩き、砂場にいる子供に向かっていく。

僕たち五人は顔を見合わせた。

まずいかも、と思ったものの僕の足はすぐには動かない。男はリュックサックを背負うのではなく、手に持っていた。その様子がどこか不自然だと感じた時には、手を中に突っ込んでいる。嫌な予感が全身を走った。すぐに動け、と手足や内臓は判断したが、頭がストップをかけた。慎重に行動したほうがいい！　と。

試合の場面が思い出される。小学生の最後の大会、あの試合だ。残り一分を切ったところで僕にボールが渡り、前にはディフェンスがいなかった。一瞬の隙、チャンスとも言えたが、僕はシュートをためらった。大事な機会を自分が台無しにすることが怖かったからだ。

大事な時だというのに、周りを見渡し、そして躊躇するのが、僕だ。「一歩踏み出せない歩君！」というフレーズが頭をよぎる。幼稚園の頃、口の悪い誰か、園児かその保護者に言われたのだ。言った本人は面白い表現だと思ったのかもしれないが、僕の体にはそれが呪いの言葉のように残っている。

そんな僕を置いて、剛央と駿介が地面を蹴っていた。

「ちょっとそこの」と剛央が呼びかけた時、男が刃物をリュックサックから引っ張り出していた。刃渡りの長い包丁をつかんで振り返る。

現実のこととは思えず、僕はふわふわと浮かび上がりそうになった。

「危ない」と三津桜が横で洩らし、それからやはり前方に走るものだから、ようやく僕もついていく。

こちらを見た男の顔は、四角い輪郭に目鼻がついているだけ、といった具合に表情がなく、広い額が目立ち、爬虫類《はちゅうるい》を思わせる細い目だ。

彼はまたこちらに背中を向けると、少し早足になる。包丁を握ったまま、大股で砂場へと行くではないか。わざとなのか、たまたまなのか、リュックサックが地面に落ち、その口から似たような刃物がいくつか転げ出ていた。

悲鳴が上がったようにも感じたけれど、僕の内側でだけ響いた可能性もある。

剛央と駿介は怯《ひる》まなかった。全力で走っていた。匠や三津桜も駆けており、僕も後を追った。

駿介は迷いがなかった。先を歩く男に追いつくと相手の体を引っ張り、力を込めて後ろに倒した。見事に男がひっくり返る。

剛央が、うつ伏せ状態の男にのしかかるようにして取り押さえた。駿介が刃物を手から引き剝がし、離れた場所に転がした。三津桜は、男の脚の部分に体を乗せるようにし、動きを止めている。

「歩、電話！」と駿介に言われ、僕はすぐさまスマートフォンを出したが、その時には隣で匠が電話をかけていた。

何をやるにしても一歩遅い、と自分が嫌になる。僕以外の四人はいつも、やるべきことをやっているのに、と。

周りの保護者が悲鳴を上げているのが、聞こえた。

警察車両がサイレンを鳴らしてやってくるまで、僕は茫然と立っていた。身体が上下に、跳躍してもいないのに動く。心臓がばくばくと音を立て、血がぐるぐると回っているからだと気づくのに時間がかかった。

と、その時のことを思い出していると三津桜が、「歩、何をぼんやりとしているの」と訊ねてきた。

僕たち二人は、体育館の外に立っていた。自分たちが、十年以上前に通っていた小学校だ。数年前に改築が行われ、昔の面影はほとんどなく、体育館も立派になっている。少子化と言われる時代に、なぜかこのエリアでは子育て世代が増えており、児童数に建物の大きさがついていけなくなったらしい。

館内ではバスケットボールの弾む音が鳴り、子供たちがかけ声を出している。

「六年前のあの事件のことを思い出していたんだ。磯憲のうちにみんなで行った帰りで」僕たちはまだ高校生だった。

「ああ、磯憲」三津桜が懐かしそうに言った。大学卒業後、知り合いと二人でアプリ制作会社を作った、と聞いた時は、のんびりした三津桜に会社経営などできるのだろうか、と心配したが、彼のエンジニアとしての技術はしっかりとしたものらしく、軌道に乗り、仕事は安定しているようだった。ジャケットにジーンズ姿、といった軽装で、普段の通勤もその恰好だというから、少し羨ましかった。

「五人で集まるのは、あの時以来だからどうしても思い出す」と僕は言う。

「あれは凄かったね。注目を浴びちゃって」

「三津桜は最近、誰かと会ったりする？」

「匠とは駅で一緒になることがあるけど、剛央とはまったく。駿介は何だか忙しそうだし、今や有名人だし」

「三津桜のおかげで」僕は笑わずにはいられなかった。

「え、僕の？　何で」

「ユーチューバーになればいい、って言ったの、三津桜だったから」

「言ったっけ？」

とぼけているわけでもなく、本当に覚えていないようだった。

「だって駿介があれ始めたの、二年くらい前でしょ。僕の言ったこととか関係ないよ」

「いや、あるよ」と僕は言い切ったが、三津桜は聞き流している。

「だけど、すごいよなあ。この間観たら、めちゃくちゃ再生されてるよ」

「駿介の動画？」

「何だかんだでバスケ好きなんだよね」

「確かに」高校の部活を辞めたと聞いた時には、みなが驚き、そしてあからさまに落胆したものだが、大学入学後に駿介は地域チームに所属し、バスケットボール選手として復帰した。その話を、剛央が嬉しそうに教えてくれたのを覚えている。メールの件名には、「朗報」と入っていたはずだ。

　駿介は二年ほど前から、ユーチューバーとして、一対一や個人技を披露する動画を公開しはじめた。それも剛央からのメールで知り、確かその時は、「朗報」ではなく「特報」だった記憶がある。とにかく予想以上に再生数が多く、ファンもついていることが、どこか誇らしかった。

　ひと昔前は、お遊び半分のことを撮影してアップロードするだけで大金が入ってくる楽な商売、といったイメージがあったものの、コンスタントに動画を作り上げ、視聴者に関心を持ってもらい続けることは簡単ではないのは分かる。瞬発力だけで生きてきたような駿介がよくもまあ、根気よくやっているものだ、と感心してしまう。

「一方の剛央はこうして、子供たちにバスケを教えているなんて。自分たちが小学生の頃には想像もしていなかった」

　それから三津桜は、うちの両親の近況を訊いてきた。

「歳相応に元気だよ。いまだに、ミニバスの時の話をする」

「応援熱心だったから」「ほんと、鬱陶《うっとう》しかったよ」

　今になると、あの人たちはあれくらいしか楽しみがなかったのかもしれない、と思うようにもなった。贔屓《ひいき》のスポーツチームの熱心なファンに近かったのではないか。「ファンを大事にしたほうが良かったのかな」と続けると、三津桜が笑った。

少しして、「あ、あれ、匠じゃないかな」と三津桜が前を指差す。

見れば、ジャケットを着た、すらっとした眼鏡の男が、校門のほうから歩いてくる。

「え、あれが？」と思ったのは、僕の知っている匠よりも十センチは身長が高かったからだ。

「大学に入ってから急に伸びたみたい」

「バスケやってる時に伸びてくれれば良かったのに」

三津桜が、「それ、僕も前に言ったら、嫌な顔された」と笑う。「だけど、背が低いくらいがちょうどいいのになあ」

頭が良くて医学部生で、顔も整っていて、と何拍子も揃っているから、という意味だろう。

お洒落なリュックを背負った匠は、近づいてくると、「歩、久しぶり」と手を挙げた。

「高くなった」

「バスケやってる時に身長伸びれば良かったのに、とか言わないよね」

「言うわけない」僕は大袈裟に誓ってみせる。

「剛央は中？」匠が体育館を指差した。

「さっき覗いたら、小学生に指導してたよ」

「どうしてここ集合にしたの？　飲み屋で待ち合わせでも良かったんじゃ」

「剛央が自分が教えている子供たちに自慢したいんだって。あの駿介と友達なんだぞ、って」

「人気ユーチューバー」

「匠も観たことある？　駿介の」

「あるよ」そういったことに興味を持たない印象のある匠が、当然のようにうなずいたので、僕は少し嬉しかった。「相変わらず、駿介は速い」

そうだね、と僕は、その速さが自分の功績であるかのような誇らしい思いで、うなずいた。

「そういえば」三津桜がぼんやりと言う。「駿介が高校でバスケ辞めた理由、聞いた？」

「三津桜、知ってるの？」気にはなっていたが、結局、教えてもらう機会がないまま今に至っていた。

「少し前に。しつこく訊いたら」

「しつこく訊いたのか。何だって？」

「簡単に言えば、監督？　コーチ？　とにかく指導者と合わなかったってことみたい」

「ああ」「さもありなん」

「駿介みたいに個人技やっちゃう選手は好かれないんだよ」

バスケットボールに限らず、チームプレイのスポーツは、一人でやれることに限界がある。どれほどドリブルが上手くても、相手のディフェンスを完璧にすり抜けることは無理だ。パスを回し、スクリーンをかけ、システマチックに攻撃していかなくてはいけない。もちろん駿介も、システムを理解し、その駒として動くことは吝《やぶさ》かではなかったが、「少し自由にプレイしただけで、万引きしたかのように怒られる」と嫌気が差したらしい。

「それが駿介の限界」匠は冷静に言う。

「よっぽど凄ければ自由にプレイしてもいいんだろうけどね」

ギャンブルなのか、チャレンジなのか、その区別は難しい。

「型に嵌《は》めようとする指導者は多いよ」僕は言った。

「だって、一番効率的な教育は、型に嵌めることだから」

「そうなの?」

匠はそれには答えずに、体育館を指差した。「中に入らないのはどうして?」

「部外者がいたら悪いかなあ、と思ってさ。あと、みんなは駿介を待っているのに、僕たちが入っていったらがっかりさせちゃうでしょ」三津桜がのんびりと答える。「だからここで、歩と話を」

「その当の駿介は？」

「そろそろ来るんじゃないのかな。あいつのSNS見たら」定期的にチェックしているわけではなかったが、時々、駿介の近況を知りたくてネット検索をする。

「何て書いてあったの」

「母校でミニバス時代の友達に会う予定」

「素っ気ない」

「素っ気ない匠が何を言う」と僕は言う。「だけど、嬉しいよな」

「何が」

動画配信の世界、しかもバスケットボールといった限られた趣味の世界とはいえ、有名人となった駿介が、僕たちのことをわざわざ不特定多数に、「友達」と書いてくれたのだから。そう伝えると、匠が、「そんな大袈裟な」と同情するような視線を寄越した。「親戚」や「他人」と書くわけにはいかないだろうに、と。

体育館の中から怒鳴り声が聞こえた。

「おまえ、何やってんだ。もうやめちまえ！」

匠がちらっと視線を上げる。昔よりもいっそう冷たい目つきだった。「あれ、剛央の声？」

「まさか。剛央があいうタイプになっていたら、がっかりだよ。剛央の先輩らしい。

もともと、その人がこのチームを教えているらしくて」その手伝いとして、剛央が呼ばれているという話だった。

「何度言ったら分かるんだよ。使えねえな！」声がし、館内はしんとしている。自分が怒られたわけでもないのに、胃のあたりがきゅっと締まる。

「ろくなコーチじゃないね」匠は遠慮がない。

「剛央が言うには、ミニバスのコーチとしては優秀な人みたいなんだよ。毎年、強いチームを作るんだって」

僕が説明すると匠は、「小学生に向かって、恫喝《どうかつ》しないと強くならないチームとはいかがなものか」と小馬鹿にした言い方をした。

「だけどほら、甘くすると、子供は緩んじゃうから」昔、父親が言っていたことを僕も口にしていた。怒鳴っているコーチを擁護するつもりもなかったが、一方的な意見ではなく、マスコミにおける両論併記的な、バランスを取りたくなるのは僕の性格なのか、それとも様々な立場にいる市民のことを念頭に置きたくなる公務員の性《さが》なのか。単に、危険な橋を渡りたくない、とも言える。そう思うと、少し胸が重くなる。

一歩踏み出せない歩君、の呪詛《じゅそ》が聞こえた。

「子供の気持ちを引き締めるためなら、それに相応《ふさわ》しい叱り方をすればいいだけだよ。感情的にならずに、毅然《きぜん》と。相手の自尊心を削ったり、晒しものにしたり、恐怖を与えたりする必要はない」

「まあね」

「剛央は、その暴言先輩をなだめる役割を果たしているのかな」匠は言いながら、場所を移動し、ドアのところから館内を覗こうと思ったのだろうが、「見えないや」と戻ってくる。

「剛央にとっては先輩だから、『そんなに強く叱らなくてもいいんじゃないですか』くらいのことしか言えないらしいけど」

館内ではまた、コーチの怒鳴り声が聞こえた。子供に向かって、罵声を浴びせているのは伝わってくるが、具体的な言葉は聞き取れない。

「抽象的な言葉を大声で叫んで怒るのは、独裁者の手法だよ」

「独裁者って、そうなの？」

「具体的な理由が分からず、恐怖を与えられると、次からはその人の顔色を窺うしかなくなるから」

「そういうものかなあ」三津桜はそう言う。

「あの時のあいつもそうだったのかもしれないよ」

あの時のあいつ、とはそれこそ、抽象的な言葉に抽象的な言葉を繋《つな》げたようなものではないか、と僕は批判した。

「六年前の、あの事件の犯人だよ」

「ああ」先ほど、その時のことを思い出していたところだったから、僕の頭には、公園をずかずかと歩く男の背中がすぐに浮かんだ。手に持った刃物は、実際の時よりも大きく感じる。

ほかのみんなが必死に立ち向かっている中、ただ、恐怖で足が竦《すく》んでいるだけの自分が、見えた。

「あの犯人がどうかしたんだっけ」


六年前の事件後、僕たちはニュースに取り上げられ、「お手柄高校生」なる見出しとともに話題になり、照れ臭さと面倒臭さの渦に巻き込まれた。町内や学校内で、褒められ、揶揄され、といった日々が続き、げんなりしていたものだが、逮捕された犯人のことはさほど大きくは報道されなかった。

大学に入った頃、ふと気になり、ネット検索をしたことがあった。あの時の犯人は、父親が警察官僚だったか、国会議員だったか、その知人だったか、とにかく有力者だったために、それほど重い刑罰を受けずに済んだのだ、と語られていた。真偽不明の都市伝説、陰謀論の可能性もあるだろう。

自滅覚悟の通り魔犯とはいえ、死傷者は出なかったのだから、重い刑罰を科すのも難しかった、とは思う。

「あの犯人、週刊誌で読んだんだけど、親が厳しくて、とにかく顔色を窺って、生活していたんだってさ。ようするに独裁者に支配されていたようなものだよ。で、そのぎゅうぎゅうと圧迫されていたストレスが爆発して」

「あの公園に至る？」

「磯憲が言ってたこと思い出すね」三津桜がしんみりするように洩らした。

「何だっけ」

「僕たちが事件の後、もう一回、お見舞いに行ったでしょ。あの時」

犯人逮捕に協力し、表彰された後で、みんなで磯憲の自宅に寄ったのだ。

そこで僕たちの中の誰かが、犯人を、「あんな異常者」と決めつけるようなことを言った際に、「その子だって、いろいろあったのかもしれない」と磯憲が穏やかに口にしたのだ。

「いろいろ、って」

「もちろん、何の不満もない人生を歩いてきて、遊び半分に子供を襲う人間もいるだろうけど、そうじゃなくて、追い込まれて、そうなっちゃった人もいるだろ」

「追い込まれても、子供を襲わない人のほうが多いですよ」と僕は言った。「確かに」磯憲はすぐに受け入れる。「ただ、そこで、だからおまえも我慢しろ、と言っても解決しないような気がするんだ」

「先生は、性善説というか、人間はみんないい人だと信じているんだ」匠は、皮肉として言ったのか、それとも本心を述べたのか、はっきりしなかった。

「いやあ」磯憲は笑った。「逆かも」

「逆?」

「俺は性善説どころか、人間のことなんて、信じてないんだよ。自分自身がいい人間じゃないんだから。だからこそ、だよ」

「どういうこと?」

「フィクションなら、犯罪者とか、恐ろしい暴力を振るったり、もしくは弱い人を虐げたりする悪人がいて、それを主人公が倒して、めでたしめでたし、というのもいいと思う。ただ、現実は違うだろ」

「悪人にもいいところがある、と言いたいんですか?」

「そうじゃないよ」まったく違う、と首を左右に振った。「単に、あいつは悪人だから崖から突き落として、消してしまえ、ってことはできないってことだよ。悪人を、魔法や処刑で消し去るのは難しい。ドン・コルレオーネに、犯人全員を消してもらうこともできない」

「誰ですかそれ」

　磯憲は答えなかった。「犯人はいつか社会に出てくることのほうが多い。そうだろ？　同じ町で生きる可能性だってある。だから、その彼を、異常だから、とか、信じられない！　で切り捨てるのも怖いじゃないか」

「そうかなあ」

「俺はリアリストなんだよ。その人がどこかに閉じ込められて、一生、出てこられないならいいけれど」磯憲は申し訳なさそうに言った。「社会に戻ってこなくちゃいけない犯人がいるなら、できるだけほかの人が平和に暮らせる方法を考えたほうがいいと思っちゃうんだ。そいつが幸せじゃないと、こっちが困る。悪人に対して、『あいつは死刑だ！　市中引き回しの上、打首獄門！』と言える人のほうが夢想家じゃないかな。現実的じゃないんだから」

「だったら、どうすればいいわけ」

「難しいよな」磯憲はあっさり言った。「優しくしてあげる必要はないだろうし、仲良くなるわけにもいかないし」

「じゃあ、駄目じゃん」

「そうなんだよ、駄目なんだ」と困ったように微笑む磯憲の顔は今も覚えている。「おまえたちが答えを見つけたら、教えてくれよ」

　がらがら、とドアが音を立てて開いた。はっとして見れば剛央が姿を見せている。昔と顔は変わらないが、腕の太さは増している。胸板も厚く、向き合うとこちらのひ弱さに俯きたくなるほどだ。

「何だよ、もう来ていたのかよ。入ってくればいいのに」

　久しぶり、と僕たちは挨拶をする。「子供たちの練習を邪魔するのもしのびなくて。駿介、来ていないし。匠はちょうど今来たところで」

「中に入ったらどうだ」剛央が体育館の中を指差した。

　いいよ、と僕たちが遠慮したところ、また怒鳴り声が、ドアの隙間からはみ出してくる怪物よろしく、聞こえてきた。剛央が振り返り、困ったように眉をひそめる。

「いつの時代も変わらない、伝統芸みたいなものかな」三津桜は真面目に言っただけだったが、僕と匠は少し笑ってしまい、剛央はよりいっそう顔を歪めた。「どう思う？」

「どう思うも何も、あれは良くない」

「匠は相変わらずだな。一刀両断」

「あんな指導の仕方は百害あって一利なしだよ。やめさせたほうがいい」

「俺だって分かってはいるよ。ただ、先輩にそれ伝えるのはなかなか難しいんだって」

僕は、剛央の立場を慮《おもんぱか》った。自分が公務員として働く中で実感していることだったからだ。こちらが正しいからと言って、相手を説得できるわけではない。正論を吐き、相手を言い負かしたとしても、その後の関係性は気まずくなる。気まずくなっても事態が改善されるならまだ納得できるが、状況は変わらない上に、単に相手と気まずくなっただけ、という展開も多い。

「保護者は練習の様子を見てないの？」僕たちのミニバス時代は、送迎を兼ね、保護者がよく練習風景を見学していた。父母の前で、感情的に暴言を吐いていたらそれなりに問題になる可能性もある、と思った。

「基本的には、練習に保護者は来ちゃいけないことになってる」

「親の目が届かないところで虐待を」匠が軽蔑するように言った。

「というよりも、うちのチームの親は、そういう感じの人が多いんだってさ」

「そういう感じ、とは？」

「びしびし鍛えてやってください。がつんとやってくれて構いませんから、って」

「ほんとに？」と言ったものの、僕の父親もそうだったから意外ではない。

「結構多いんだよ。自分が子供の頃は、がつんと厳しくやられていた、とか武勇伝みたいに言う父親とか」

「自分が嫌だったことを、下の代にもやる、というのはどうなんだろうね。甘やかす必要はないけど、かと言って、脅したり怖がらせたりしても意味がないのに」

「それは俺だって分かってるよ。昔からよくそういう話をしたじゃないか」剛央は苦しそうな表情を浮かべた。「とりあえず中に入っててくれよ。駿介ももうそろそろ来るだろ。おまえたちのことも伝えてあるから。ミニバス時代の友達で、練習を手伝ってくれるって」

「剛央と違うんだからさ、今の僕たちがバスケなんてやったら怪我するし、迷惑かけるって」

「小学生と比べたら背は高い。壁になってくれるだけでも助かるよ」剛央は、さあさあ、と僕たちを入口のところへ連れていく。「あ、それにしても匠、背、伸びたな」

「まあね」

「バスケやってる時に、伸びてくれてればなあ」剛央が言うと、匠は溜め息をたっぷりと吐く。身長が何だと言うのか、と少し怒った。確かにその通りだ。


体育館に入っていくと、二十人近くの子供たちがこちらを振り返った。暴言まじりの叱責を受け、悄然《しょうぜん》としていたところに、がやがやとやってきた僕たちは場違いだったが、おそらくそれを剛央も狙っていたのだろう。張り詰めた空気を、無理やり緩和させたかったのかもしれない。

「山本《やまもと》さん、前から話していた、俺の友達です」剛央が、離れた場所のコーチに大声で、子供たちにも聞こえるように言った。

山本さんと呼ばれたコーチはスキンヘッドで、背が高く色黒だった。肩幅も広く、妙に貫禄があるものだから、「これは子供からしたら、怖いだろうな」と思ってしまう。

山本コーチが指示を出すと、小学生が、だだっと駆けてきて、僕たちの前に並んだ。何人かは坊主頭だ。よろしくお願いします！　はきはきと、眩しいくらいに元気よく挨拶をされ、さすがの匠もたじろいでいた。

「あ、ほら、お待ちかねの駿介はまだ来ていないけど、そのうち来るから」

バスケットボールをテーマにした動画配信者、駿介は子供たちにも人気らしく、彼らも今日、会えることを楽しみにしているに違いないから、まずそのことを伝えなくては、と焦った。少し落胆した表情を見せた子もいたが、それでも彼らは礼儀正しく振る舞ってくれ、またすぐに山本コーチのもとへと駆けて戻る。統制のとれた軍隊のようにも見えた。

練習が再開されると僕たちはステージ側へと行き、思い思いに腰を下ろし、そこからぼんやりと練習の様子を眺めることにした。

今はやっていないとはいえ、子供のころから中学校を卒業するまでは生活の中心にバスケットボールがあったのだからそれなりに思い入れはある。ボールの弾む振動を感じ、行き交うパス、何よりもゴールが入る瞬間のしゅぱっという心地よい音を聞いていると、気持ちが高揚した。三津桜と匠も同じ気持ちでいるのだろう、黙ったまま、名前も知らない小学生の練習を眺めていた。

やがて、試合形式の練習がはじまる。

「俺たちの時よりは人数が多い」少しして匠が言った。規定人数を満たすために、低学年の子供たちを総動員していた時のことを思い出していたのだろう。

山本コーチの興奮した声がまた聞こえはじめる。剛央も大きな声で指示を出していた。

「まあ、バスケットボールってドリブルの音がうるさいからさ、大声を出さないと伝わらないという側面はあるよね」

「それはあるかも」三津桜の意見に、僕も同意する。

「ただ、感情的に罵《ののし》らなくてもいいだろ」

「それもある」匠の意見にも僕はうなずく。

「ミニバス最後の試合の時も、相手チームのコーチ凄かったよな」

おまえが何もやっていないから、追いつかれているんだろうが！　確かそう怒っていた。いまだに覚えている自分に驚いたが、あれを言われた選手はもっと覚えているのかもしれない。

何もやっていないわけがないだろうに。みんな勝ちたかったはずだ。

山本コーチが、「おい、そこ!」と叫んだ。その叫び声がまた体育館内の音を吸い込んだ。子供たちがびくっと体を硬直させる。

はあ、と匠が溜め息をついた。

練習を止め、山本コーチが一人の小学生を、くいくいと指先だけで呼ぶ。「おまえ、何回言っても分からない奴だな」

顔と顔がくっつきそうなほどで、何もそんなに大声を出さなくても。興奮状態のせいか、山本コーチの言葉はどんどんヒートアップする。

子供は顔を引き攣らせ、のけぞるように、ひたすら、「はい」とうなずいていた。

「まあ、あれも、一生懸命さの表れなのかもしれないけれど」

「だったら、もう少し改善の余地はあるよ。ほかの子供たちだって、びびっちゃってるし、そうじゃなかったら、びびってるふりをしているだけだ。本当に教えたいなら、大声を出す必要はないよ。見せしめにしたいだけで」

「ああいうのを見てるとさ」三津桜は素朴な言い方をした。「スポーツやったところで、人間性は鍛えられないんだな、と思っちゃうよね」

「スポーツの世界に限らないよ。どんな分野でも、強かったり上手かったりすれば、威張れるんだから、人間性は関係ない」

僕は、同意も反論もできずに、ぼんやりと返事をする。

山本コーチの言葉が反響していた。「だいたいおまえはこの間の試合でも、ちょっとファウルもらっただけで痛がって。試合に集中していれば痛みなんて、どっか行くだろうが」

それを聞いた三津桜が、医学的にそうなの？　と匠に訊ねているのが可笑しかったが、笑える雰囲気では到底ない。

剛央はどうするのかと見ていれば、山本コーチの横にいつの間にか立ち、優しい口調で子供に指導をはじめている。暴言コーチの台詞を濾過《ろか》して、大事な部分だけをどうにか伝えよう、と腐心しているのが分かる。先輩の自尊心を維持しつつ、子供たちの恐怖を緩和するつもりなのだろう。

ぴりぴりとした空気は居心地が悪く、「やっぱり外に出てようか」と僕は腰を上げたが、ちょうどそこで、ドアが横に開いた。音が鳴るため、子供たちも反射的に振り返る。

現れたのは、短く髪を刈り上げ、見るからに俊敏そうな外見の男で、バスケットシューズを掲げながら、中に入ってきた。

「あ、駿介だ」三津桜が嬉しそうに声を立てた。

彼は館内を見渡し、ステージ上の僕たちに気づくと、「よお」と手を挙げた。山本コーチの指示があったのか、子供たちがわっと駆け寄り、挨拶をする。先ほどとは打って変わり、子供たちの表情も明るく見えた。僕たちに近づいてきた時よりも興奮している。

「駿介！」と呼ぶ剛央には、気まずい空気を破ってくれてありがとう、といった思いが隠せていない。

子供のころから、駿介は弁が立つほうではないが、皆を引っ張ることが多かった。今でも変わっていないのか、山本コーチに挨拶を済ませると、「みんなで試合をしませんか」と言い出し、練習メニューを気にかけることなく、「歩たちも来いよ。バッシュ履いてるんだろ」とこちらに声をかけた。

しょうがないな、とステージから僕たちは降りる。浮き立つ気持ちがなかったといえば嘘になる。

それが起きた時、僕はステージ脇の器具庫と呼ばれるスペースにいた。試合形式でわいわいやっているうちに、誰かの放ったボールがゴールのバックボード裏、フレームに載った状態で取れなくなってしまい、何か長い棒でもないものか、と探しに来たところだった。

足元にいくつかバスケットボールが転がっていたので、それを手で持ちながら見渡す。

薄暗い器具庫は、僕たちの子供の頃とは違い、清潔感があり、整頓されていたが、長い棒のようなものとなると、なかなか見つからない。置き場が違うのか。

器具庫の外、コートのほうから、重々しい、どん、という音が鳴った。屋根のあたりから勢いよく誰かが床に激突したかのような、短く、重い、激しい音だ。とっさに僕は、ひっかかっていたボールを乱暴な方法で取ったのだと解釈した。悲鳴も聞こえたものだから、よっぽど大胆なやり方をしたのか、もしくはトライした末に失敗してしまったのかと想像した。まったく賑《にぎ》やかなもんだな、と。

不審者が侵入し、銃を発砲したと思うはずがなかった。

器具庫の横開きのドアに近づいたところで、異変に気付き、足を止めた。よく止めた、と自分を褒めてあげたいほどだ。そのまま何も考えずに出ていたら、見つかっていただろう。

体育館の真ん中あたり、羽織ったパーカーの、フードを被った男が大声で何かをまくし立てている。子供たちが悲鳴を上げる。もう一度、音がした。銃声だ。どこに向かって撃たれたのか。

子供たちが、泣き声まじりに喚《わめ》いている。お母さん、と言う子もいた。

心臓が激しく鳴り、手は震えた。ドアの陰から覗く。

子供たちと山本コーチ、剛央や駿介たちと、パーカーの男が向き合っている。背が高く、肩幅がしっかりとしていた。男の恰好は、街中で買い物をしてきた帰り、といった風情だったが、右手に構えている拳銃は異様で、現実感を完全に失わせていた。

「おい、おまえ、馬鹿なことを」山本コーチが一歩、二歩、と出るのが見えた。先ほどまで子供を叱っていた時と同じく、威圧するような大きな声だ。

男は何か、言葉にならない言葉を叫ぶ。床を重いブーツで思い切り踏み鳴らすかのような響きが、館内をぶるっと揺すった。

山本コーチがうずくまった。誰かが甲高い声を発した。撃たれたのだ。足の力が抜け、僕はその場にしゃがんでしまいそうだった。

倒れる山本コーチの姿が見える。先ほど初めて会ったばかりで、挨拶程度しか交わしていないとはいえ、つい数分前までごく普通に立っていた彼が撃たれたことに、茫然とするほかなかった。

「お、おまえ、何しやがるんだ」

山本コーチの声がした。撃たれたのは太腿《ふともも》だったらしく、それはそれで大変なことではあるのだが、命を失ったわけではなかったと判明し、そのことにはほっとした。

パーカーの男は拳銃を揺すり、子供たちや駿介たちを壁のほうへと移動させた。

「分かった、落ち着け、撃つなよ。子供がいる」剛央は声を震わせつつも、両手を挙げ、そう訴えた。

男は目の前にいる小学生をぐいっと引っ張り、その背後から押さえつけ、銃口を頭に当てる。人質を取った犯人、まさにそのものの姿になった。

どうする？　どうすれば。この器具庫にいる僕は見つかっていない。

僕の頭の中では言葉だけが空回りしていた。考えているのではなく、ただ、「どうしよう」と思っているだけだ。

一歩踏み出せない歩君、とまた聞こえる。

警察に電話を、とポケットを探るが、練習に参加する際、荷物をコート脇に集めて置いてあった。

いったい目的は何なのだ。

必死に凝らした目に、男の横顔が飛び込んできて、その瞬間、「あ」と僕は声を洩らした。

あの男だ。六年前、公園で僕たちが取り押さえた、刃物を持った不審人物だ。年月を経ているにもかかわらず、彼の顔はさほど変わっておらず、あの時と同じく無表情だった。

匠が何か、男に向かって喋っているのが分かる。

おそらく匠も気づいたのだろう。

いつ釈放されたのか。こうしてまた再会を果たしたのが偶然のはずがない。

僕たちがいるから、やってきたのだ。

僕なのか、三津桜なのか、匠なのか、いや、たぶんタイミングからして、駿介だ。駿介を偶然見かけ、もしくは、あの男はあの男なりの執念で、駿介のことをつけ回していたのか？

たぶん後者だろう。駿介はネット上で活動する有名人だから、動向を追うことはできる。ＳＮＳをチェックし、僕たちに会えると考え、やってきたのではないか？

六年前、自分を取り押さえたあいつらにお返しする時がついに来た、と奮起したのかもしれない。

脚の震えとは別に、寒々しい震えが、体の芯を襲う。男はかなりの強い意志を持って、ここに来たことになる。拳銃まで用意しているのだ。

僕たちへの復讐だ。

どうにかしないと。

大事なことにも気づく。今、あの男に存在を気づかれていないのは、僕だけなのだ。

時間もない。

恨みを晴らすために襲撃してきたのだとすれば、交渉や説得の余地はない。彼はすぐさま、剛央や駿介に向かって発砲するはずだ。

いつ銃声が響いてもおかしくはない。

どうにかしなければ。だけど、どうすれば？

足が床から離れなくなった。

あの時と同じだ。

六年前、公園であの男がリュックサックから刃物を取り出しても、僕は動かなかった。慎重に行動すべきだと思ったのだが、それは言い訳だ。単に怖かっただけだ。

小学校の最後の試合、残り時間一分でボールを持った時も、外れたら？　失敗したら？　その思いに、硬直した。

いつの間にかぎゅっと目を閉じている。大丈夫だ、次はできる。そう言ってくる視線を感じた。磯憲の目だ。小学生の頃、試合中のタイムアウトの時に、もしくはベッドから体を起こした時に、こちらの気持ちを読むように見てくる。

ギャンブルじゃなくて、チャレンジだ。

失敗したら、俺のせい。

誰のせいか、といった問題ではないのは承知している。ただ、その言葉を思い出した途端、底が強力な糊《のり》でへばりついていたようだったシューズが軽くなった。

壁まで移動し、スイッチに触れていた。

初めて見る操作盤だったが、子供が使うからか丁寧に、「ゴールの上げ下げ用」とシールに説明が書かれていた。

上げようが下げようが、ゴールが動けばそれでいい。ステージとは反対の、遠くにあるゴールを作動させるボタンを押した。

音が鳴る。

突然、ゴールが動き始めたら、反射的にそちらを見るに決まっている。ほんのわずかな時間かもしれないが、そこを逃したらいけない。

躊躇したらおしまいだ。

バスケットゴールが機械音を発しながら持ち上がっていくのを、拳銃を持った男が見ていた。背中を向けている。

「匠！」恐怖で喉が開かないと思っていたが、大きな声が出た。

男が僕に気づき、叫んで振り返った。拳銃を向けてこようとするのは見えたが、僕は手に持っていたバスケットボールを投げた。

子供の頃、長いパスは得意だった。今も、できますように。小学生用の五号の大きさだったのが良かったのだろう、通常のボールよりも軽く投げることができ、強く、突き出せた。

匠なら。

僕は床を蹴って、男に向かって駆け出した。シューズが床をきゅっと鳴らし、僕を励ました。

もう行くしかない。

子供の頭に銃口を当てたまま、引き金をひかれたら、と思うとぞっとしたが、彼の目的が復讐なのだとすれば、子供よりも僕を狙う可能性が高いはずだ。

男が僕に向かって、拳銃を構える。

銃口が狙ってくる。そう簡単に当たるものか、と自分に言い聞かせる。

匠がボールを受け止めてくれたのが、視界の端に見えた。彼はほとんど予備動作なしにボールを投げた。あの頃の、冷静に鋭くパスを出していた匠が重なる。いつだって、欲しい場所にパスを出してくれた。

ボールは、男の右手、僕に向かって突き出した銃をつかんだその手に激突する。

男が小さく呻《うめ》くのと、拳銃が落ちるのが同時だ。

床を拳銃が滑った。男が慌てて、それを拾おうと体を反転させた。つかまれていた少年が解放された。剛央がすぐさま、背中で子供を庇うようにした。

転がった拳銃に飛びつくのは、三津桜のほうが早かった。試合中のこぼれ球に素早く反応し、飛びつく姿が重なる。

　男の顔に罅が入っている。苦悶《くもん》よりも、苦痛、憤怒が引き裂く罅だ。

　天に突き刺すかのような、甲高い叫び声を上げると尻ポケットから、金槌《かなづち》を取り出した。腕を伸ばし、振り回しはじめ、それは拳銃を奪わせまいと腹ばいになっている三津桜に、向かおうとしていた。

　僕は男の前に立った。隣に匠も寄ってきた。二人で、相手の動きを牽制する。自分だけでは恐ろしかったが、仲間が隣で、同じ構えをしてくれているだけで、心強く思えた。

「歩、ドリブルが大きい相手は、動きが読める」匠が言った。逃がすなよ、と。僕を落ち着かせるためだったのだろう。「フェイクはかけてこない」

　実際、男は闇雲に金槌を振っており、動きは大きかった。慌てるな、と僕は自分に言い聞かせる。

　あの時、小学校最後の大会、残り一分で追いつくことができず、僕たちは敗北した。言い訳や負け惜しみはいくつか言えたものの、悔しさと不甲斐ない思いはずっと残った。

　今度は。

　剛央が子供たちを連れ、「こっちへ」と体育館の出口のほうへと誘導している。足が竦んで、しゃがみ込む子供も幾人かいるものだから、つかんで引きずるようにもしていた。

ふざけるな、と男はまた叫んだ。汗なのか唾なのか、水滴が飛んだ。

僕は一瞬、動けなくなった。匠も同様だったのかもしれない。

くるっと方向転換すると、男は子供たちに向かって走り出す。

ほぼ同時に、子供が一人、転んだ。

あ、と僕は洩らし、血の気が全身から引く。

倒れた子供に向かって、男が速度を上げる。弱った獲物に飛び掛からんばかりだった。

こうなったら、一人くらいは金槌で砕いてやろう、と思ったのではないか。

ゲームセットの試合のブザーが聞こえる気がした。小学生の時から、何回も耳にした、終了の合図だ。そしてやはり、まっさきに浮かぶのは、小学校最後の試合のおしまいだ。

あの時だけではない。バスケットボールのことだけではない。あれ以降も、「やるだけやった」けれど「勝てなかった」という経験はあった。悔しい、と今まで何度口にしてきたか分からない。

今回は負けたくない。負けたら駄目だ。止めないと。

横から、人影が駆け込んできたのはその時だ。

音もなく、疾風みたいにいつだって走ってくる。

ゴールに向かって走っている駿介は、僕からのパスを待っている。決めてくれ、と気持ちの上では、パスを出していた。

滑るような速さで駿介が男の足元に飛び込んだのが、見える。

金槌を持った男が床にひっくり返った。


先輩、救急車、もう少しで来ると思うんで我慢してください。

剛央が出血する太腿を押さえている山本コーチに声をかけていた。そのまわりを小学生がぐるっと囲んでいる。

急に起きた恐ろしい事件に、子供たちはもちろんパニック状態で、早く警察や保護者が来てくれないか、とおろおろしていたのだけれど、いつの間にか落ち着きを取り戻している。

理由の一つは、山本コーチの太腿の傷を匠が見て、「出血はあるけれど、大丈夫」と言ったことだろう。医学部生にどれほどの診断能力があるのかは不明だったが、彼の持ち前の淡々とした物言いには、それらしい説得力があったのかもしれない。

さらに三津桜が、「コーチ、試合に集中していれば痛みなんて、どっか行くんですから、痛がらないでください」と言ったことも、みなの緊張を少し緩めたきっかけだった。

誰かが笑い、子供たちは、痛がるコーチを取り囲み、ああだこうだ、と冗談まじりに茶化しはじめた。

そしてもう一つの理由は、犯人の男から危険な気配が消え去っていたからだろう。器具庫にあった縄跳びの縄を使い、手首と足首を何重にもぐるぐる巻きにしたため、寝転がった恰好から姿勢を変えることもできない。おまけに、襲い掛かってきた時の迫力はすっかり消えた上に、今は、嗚咽《おえつ》しはじめていた。悲しさからではないだろう。怨《えん》嗟《さ》や失望、苦しみが入り混じったような、体の奥底から溢れ出てくる咽《むせ》びだった。

恐ろしいと思っていた男が、噎《む》せ返りながら涙を流している。

気味は悪かったものの、縛られた手足をどうにかして、再び襲い掛かってくるようなエネルギーは明らかになくなっていた。

僕たちはすっかり疲れ果てて、試合を終えた後さながらに体育館の壁によりかかって座っていた。

「そんな風に縛って、ごめんね」三津桜が言ったのは、僕たちの前にいる男に対してだった。「だけど、そうでもしないと怖いから」

「痛かったら教えて、緩めるから」僕も言う。

「いや、緩めたら危ないだろ」剛央がすぐに指摘した。

「だけどさ、何で、こんなことをしたんだよ」少しして、駿介が溜め息を吐いた。

「六年前の恨みで、僕たちを狙ったわけ？」と訊ねたのは匠だ。

男は答えない。ただ、泣き続けている。

逆恨みだよ、と僕はとっさに言いかけたけれど、彼の気持ちが分からない状況では、神経を逆撫《さかな》でするかもしれない、と呑み込んだ。

「どうやって拳銃なんて手に入れたんだよ」駿介が訊ねているのを聞きながら僕は、磯憲が言っていたことを思い出していた。

拳銃を使い、子供を襲うという、恐ろしい事件を起こしたものの、実際に負傷したのは、太腿を撃たれた山本コーチ一人だ。大変なことではあるが、かと言って、この罪で男が魔法や処刑により、消し去られるようなことはないはずだ。再犯であるし、それなりに重い罰は受けるだろうが、それでめでたしめでたしともならない。拳銃の入手経緯にもよるかもしれないが、社会に戻ってくるのにものすごく長い年月が必要とも思えない。

「俺たちだって、別にそっちの邪魔がしたいわけじゃないんだ。だけど、やっぱりやっちゃいけないことはやっちゃいけないんだって」

たぶん駿介も、磯憲の喋っていたことを思い出しているのだろう。犯人がまた社会に戻ってきた時のことを想定して、拒絶や断罪とは異なる言葉を選び、喋っているように聞こえた。

男の目が強張っているのは、怒りのせいだろうか。

何に怒っているんだ？

知ったような口を利く僕たちに？　それとも犯行に失敗した自分に？　もしくは、もっと別のもの？

「自分の人生は、どうにもならなくておしまいだから、みんな道連れにして終わらせてやる、とか思ったんだろ？」剛央が言う。

「まあ、そんなところだろうね」

「匠の言い方はどうしてそんなに冷たいのか」男が怒りだすのではないか、と僕は焦る。

「あのさ」駿介が、横たわる男に顔を向けた。「おしまいとかじゃ全然ない」

子供たちの声が静かになり、体育館の中が急にしんとした。

僕たちは駿介にちらっと目をやる。

「昔、俺たちの先生が言ってたんだよ。バスケのコーチしてた、学校の先生が」

「磯憲が？」三津桜が訊ねる。

「そうだよ、あの最後の試合の時、残り一分の時」

あの試合を何度も観ている、と話してくれた磯憲のことを考える。

「『バスケの世界では、残り一分を何というか知ってるか？』って」

ああ、と僕は胸を締め付けられた。懐かしさとともに、あの頃には戻れないのだ、という寂しさに突かれたからかもしれない。

三点差を追いかけ、そしてきっと勝てるはずだと信じ、コートに戻ろうとするあの時の僕たちは振り返り、訊ねた。「何て言うの？」

永遠、永遠だ。

磯憲の顔はたぶん、恥ずかしそうに歪んでいたはずだ。

「永遠」と匠が口に出し、僕も答えた。三津桜と剛央の声も重なる。

駿介が、全員が覚えていたことに驚いたのか、笑った。

「そうだよ、永遠。バスケの最後の一分が永遠なんだから、俺たちの人生の残りは、あんたのだって、余裕で、永遠だよ」

「無茶苦茶な言い分だ。理屈にまったく合わない」と言う匠もたぶん、顔を綻《ほころ》ばせているのではないか。

縛られた男は怒ったような顔をしていたが、それでも、駿介の言葉に嚙みつくようなそぶりはなかった。鼻息だけを荒くしている。

それから駿介は、「俺、バスケのプロチームに行ってみるよ」と言った。

一瞬、何の話か分からず、みなが黙った。あまりに唐突に話題が変わった。冗談にしては面白くなく、ここでする話題にも思えない。

「え」「何それ」

「Bリーグだよ。二部の」

「本当かよ」剛央が声を弾ませた。

「話が来ているんだ。客寄せパンダ説はあるけどな」

人気ユーチューバーを引き入れれば、話題性もあるし、動員数も増えるかもしれない。そう考えたチームがあってもおかしくはないだろう。駿介にはそれだけの支持者がいる、ということでもある。

「今、そんな話をする状況？」匠が苦々しく言う。

駿介は続けた。「プロになるのはずっと、その道を歩いてきたエリートだけだろうし、こんな歳から無理じゃないかと悩んでいたんだよ。邪道だろ、俺なんて。高校で退部して、ユーチューバーから」

「邪道中の邪道だ」剛央が苦笑する。

「だけど、もともと駿介のプレイは型に嵌まっていないんだから」励ますつもりではなく、本心から僕も言った。

「型に嵌まらない道で、どこまで行けるか、やってほしいね」三津桜も気楽な言い方をする。

体育館が急に古くなり、僕たちが小学生だった頃のものに戻ったような気分になった。自転車でやってきて、みなで練習をした。自分たちが将来、何の仕事をするのかなど考えることもなく、ボールを突き、シュート練習をし、日々の学校での出来事に一喜一憂していた。

いつの間に、こんなに時間が経ってしまったのだろう。

「なあ、俺がいつかプロでプレイするところ、観てくれよ」

駿介は僕たちに言うのではなく、縛られた男に対して、呼びかけているようでもあった。

そのあたりでようやく、警察車両のサイレンが聞こえてきた。子供たちが歓声を上げる。助かった、と確信したのかもしれない。コーチ、救急車も来ますよ、もう少しの辛抱です、泣かないで、と誰かが山本コーチに声をかけていた。

縛られた男は何も言わない。駿介を睨んではいたが、どういった思いからなのかは判断できない。

「今度また、磯憲のところに行こうよ」

「匠がそんなこと言うなんて、珍しい」答えた僕はもちろん、磯憲宅を訪問することに決めている。

「もう六年だよ。想像以上に、しぶとい」匠は冗談めかして言った。

「それこそ永遠に生きるんじゃないか」剛央が笑う。

よいしょ、と駿介が腰を上げた。尻をぱたぱたと叩くようにした後で、「さっきのあれ」と言った。

「何？」

「最後、足引っ掛けちゃったから、アンスポだったかな」

何をくだらないことを、と僕たちは鼻で笑った。

目の前にいる男の顔は、深海に取り残された者が流すような、深い暗色の涙で濡れている。彼だって、好きでこんなことをしたわけではないのだろう。

自分で望んだわけでもないのに、迷路にはまりこんで、息苦しさと不安でそこから逃げ出したかったのかもしれない。

「ごめん、アンスポだったわ」駿介は、男にそう告げた。

ああ、そうだ。

もしアンスポーツマンライクファウルだったら、相手はフリースローが与えられた上で、さらにリスタートの権利がもらえる。

そのことを僕は、男に伝えたくなった。

逆ワシントン

教室で帰り支度をしていると少し離れた席から寄ってきた倫彦《としひこ》が、謙介《けんすけ》一緒に帰ろう、と言ってきた。隣町に住んでいて幼稚園の頃からよく遊んでいる友達だったけれど、三年生の頃から倫彦は野球で忙しく、遊ぶ機会も減っている。今日は練習がないから急いで帰らなくてもいいんだ、と嬉しそうに話した。

教室を出ると、中山《なかやま》先生が廊下の壁から大きな模造紙を剝がしている。

「先生、何で〈教授〉の自由研究、外しているの？」倫彦がすぐに気づき、指差す。

「ああ」先生がはっと振り返った。去年までの担任が定年近くの、むすっとしたベテラン教師だったからか、若く、歳の離れたお兄さんといった雰囲気の中山先生は親しみやすい。

「どうするの、それ」僕も、中山先生が丸めはじめた模造紙を指差す。「〈教授〉のやつでしょ」

名前は「京樹《きょうじゅ》」なのだが、やけに物知りで大人びた感じなものだから、僕は、彼の名前を呼ぶ時には、頭で、「教授」の漢字を思い浮かべている。

「実は怒られちゃってさ」先生が顔を歪める。「校則でゲームセンターに行ったらいけません、ってことになっているだろ。学校からの連絡にも書いていたし。それなのにゲームセンターでの研究はいかがなものか、って保護者から言われて。まあ、確かにそうなんだけれど」

〈教授〉の自由研究は、クレーンゲームの攻略法なるものだった。夏休み、暇を持て余した彼はショッピングモールのゲームコーナーに通い、クレーンゲームの研究をしたらしい。「研究方法」の項目の出だしが、「うちにお金の余裕はありませんので」とはじまるものだから、自分の日々の生活を報告する作文のように思えたけれど、とにかく、彼は自分でお金を使うのではなく、ほかの人たちがやるのを観察したのだという。失敗する人のパターンや、上手い人のコツを整理し、まとめた。さらに、店内にずっといるのを不審がった店員に、「夏休みの自由研究で」と話したところ面白がられ、景品のセッティングを手伝ったり、コツをいくつか教えられたりし、情報を得たという。

インターネットの動画を参考にしたわけではなく、自分の力で攻略法をまとめたことは感動的で、校内でも話題となり、廊下に貼りだされた時には、単に同じクラスの僕ですら誇らしい気持ちだった。

だからそれが撤去されることは、かなりショックだ。

「でも、〈教授〉のお母さんってあのショッピングモールで働いているんだから、毎日通っていたとしても、そんなに悪いことではないんじゃないの?」僕は主張する。実際、そのあたりのことは自由研究でも触れられていた。お母さんと一緒に帰宅するために立ち寄った、と。

「そうなんだけどな。一応、校則で決められてることだから、大目に見るにしても、簡単にはいかないんだよ。ほかの子が、じゃあ俺も行けるじゃん、とか収拾つかなくなるから」

えー、と抗議の声を僕たちは発する。細かいことはどうでもいいでしょ、と言いたかった。

中山先生もつらそうではあるから、確かに簡単なことではないのだろう。

「今日、これからお母さんと一緒に、学校に来るんだよ。その話で」

マジか、そんなことで呼び出しかよ、と倫彦が大袈裟に驚いた。「宿題やらなかったならまだしも、こんな力作を完成させて、怒られちゃうなんて」

「先生だって、この研究、面白いと思ったでしょ?」僕が質問すると中山先生はくしゃっと顔を崩して、「当たり前だろ。これ、超面白いよ。調べたのも偉いけれど、絵も上手いし、最高だろ」とうなずく。

僕は少しほっとする。

「あ、そうだ、プリント渡してくれよ」そこで中山先生が思い出したように、言った。「忘れてないよな」

「靖《やすし》の家に、だよね。もちろんです」忘れていたから、危ないところだった。

「先生、靖、何で休んでるの？」倫彦が訊ねる。

「腹痛」先生が短く答える。

ふうん、と言う僕の横で倫彦が、「それ本当に？」と言うものだから、どういう意味？　と彼の顔を見てしまう。

「いや、だって腹痛って仮病の時に使いたくなる理由だろ」

「全国の、本当に腹痛でつらい人たちに対して、謝ってほしい」と僕が言うと、「決めつけて、ごめんなさい」と倫彦が頭を下げ、中山先生が笑った。

昇降口に出たところで、「〈教授〉のこと怒らないであげてくださいよ」と先生に言うのを忘れたことに気づいた。

「そう言えば、靖のお父さんってすごく若いんだよ」と倫彦が言ったのは帰り道でだった。

「え、そうだっけ」僕は少し、驚いた。靖のところは幼稚園の頃からお父さんがいないのではなかったか。ずいぶん昔に靖自身が、「うち、お父さんいないんだよね。離婚して」と言い、それをきっかけに「離婚」の意味を知ったような記憶があった。

「二年くらい前だよ。再婚したんだって。靖のお母さん」

へえ、ふーん、と特に関心があるわけでもなく、気の抜けた相槌になってしまった。二年前は、靖とはクラスが違っていたからその情報も入ってこなかったのだろう。

「どういう感じなのかな、新しいお父さんが来るのって」

「若いお父さんだったら、兄弟みたいな感じなのかもね。靖、一人っ子だから、お兄ちゃんができたような」

靖の家は一戸建てで、門の横にインターフォンがある。古いタイプのもので、カメラはついていなかった。

最後に遊びに来たのはいつだったか。表札を眺め、記憶を辿る。

最新ゲーム機を靖が買った時だ、と思い出した。クラスの中でほかの誰もそれを所持していない時だったから、大勢でがやがやと押しかけてしまったのだ。日ごろ、靖とそれほど仲が良くない面子《メンツ》までやってきて、持ち主の靖をそっちのけでコントローラーを取り合い、乱暴に遊んで騒いだ。さすがにみんな自由奔放過ぎる、と靖の顔を見れば、やはり少し困った表情をしていたのだけれど、「やめろよ」とも「やめてよ」とも言えない様子で、僕は申し訳ない気持ちになった。その時以降、僕は靖の家に行っていないのかもしれない。

ボタンを押すと、家の中でチャイムが鳴っている気配がある。少しすると、「はい」と男の声が聞こえた。

倫彦が、学校のプリントを持ってきたことを告げる。

「ああ、はいはい」と返事があった。

僕たちは顔を見合わせる。お父さんかな？　平日の午後に家にいるのは、意外だった。しばらくして玄関が開き、髪の毛を少し茶色にした若い男が出てきた。サンダルでぱたぱたと近づいてくると、「わざわざ悪いね。ありがとう。ええと、誰君と誰君？」と言う。

僕たちが名乗ると、「そうかそうか」とうなずく。

「あの、これ」とランドセルから取り出したプリントを渡した。

靖の父は受け取ると同時に、ちらっとそれを見ると、畳んでポケットに入れた。その時だけふと、ちゃんと読むのだろうか、靖に渡すのだろうか、と不安が過った。

「靖、腹痛、どんな感じですか？」深い意図はなかったが確認しておきたくなる。

「今は寝てるんだよね。だいぶ治ってきたから週明けには学校、行けると思うんだけれど」靖の父が視線を僕たちから逸らした。目が泳ぐとはこのことかな、と思うほどに。

じゃあ、ありがとう、と彼が家に戻っていこうとしたところで、僕はさらに、「あの」と声をかけていた。

「何？」と振り返った彼の顔が少し強張っている。怯みそうになった。

「あの、靖の顔を見て行けますか」言ってから、一目《ひとめ》お顔を、と訴える乙女のようだと恥ずかしくなる。

「いやあ、ちょっと、うちが散らかっているから無理だな」靖の父は言って、僕たちの視線の糸を振り払うように、背中を向けて家に戻っていった。


まわりが急に静かになり、そういえばうるさかったんだと気づいた。隣の和室の掃除をしていた母が、掃除機の電源を切ったのだ。

母はホース部分を整えながら僕のいるダイニングのほうに来ると背筋を伸ばし、「はなはだ簡単ではありますが、これでわたしの掃除に代えさせていただきます」と言い、軽く会釈をした。

いつものことだ。別に僕に言いたいわけではないだろう。雑な掃除でもないように見えるけれど、母としては、そう言うことで気持ちを軽くしているのだろうか。こういうところがよく分からない。

それから今度は洗濯機のあたりと二階のベランダをばたばたと行き来しはじめた。

しばらくすると、タブレット端末を見ていた僕の、向かい側の椅子に腰を下ろした。

「いやあ」と言う。「わたしが家のことでこんなにばたばた動き回っているのに、謙介は座ったままでゲームをやっているわけでしょ。世の中は公平じゃないよね。やっと座れました。この座りは人類にとってはただの着席ですが、わたしにとっては」

そういうまどろこしい言い方は母の特徴で、その影響なのか、僕も姉も昔から、子供のわりに言葉遣いが大人びている、と面白がられたり、嫌がられたりする。

「これ、どうにかならないの」姉がテーブルの上の生姜焼《しょうがや》きに箸を伸ばしながら、別の手でテレビのリモコンを操作した後で、テレビ本体のスイッチを触り、それでも画面がつかないことを確認して戻ってくる。「まったく映らないよ。今日、観たい番組あったのに」

「さすがに古いからなあ。今度、お父さんに言って、買い替えようかな」と母は言う。

去年から単身赴任で大阪にいる父は、家の必要なものを買うのにいちいち口を出すことはないのだけれど、母としてはやはり相談は必要だと思っているようだ。

「お父さん、電化製品買う時、すごい調べるよね。それぞれの長所と短所を書き出す感じで。あれ、面倒臭くないのかな」

「好きなんだよ、調べるの」母の言い方は、褒めているのと貶しているのとが混ざっているようだった。

「あ、でもテレビ観られない時にちょうど良かった。お父さんから、これ観るようにってメールが来ていてね」母はそこでタブレット端末をテーブルに置く。立てかけるための台も用意してあり、時折、家族全員で動画を観ることがあった。

「お父さん、暇だね」姉が呆れる。

父は自分の気に入ったものや、愉快に感じたことを家族で共有したがる。名作映画であったりインターネットで見つけた面白い動画だったり、ジャンルも様々で、僕や姉の反応が良いと無邪気に喜ぶし、意見が一致しないと寂しそうにする。

「話題になっている動画みたいよ。たぶん、外国のドキュメンタリー番組の録画じゃないかな」まだ母も観ていないらしい。

たとえ興味深い動画だったとしても父親に押し付けられ、強制的に鑑賞させられるのは気分が悪いのだろう、姉は面倒臭そうだったけれど、僕はそれなりに楽しみだった。父が見つけてくるものは、面白いものが多い。

体の大きい、丸顔の女性が映った。ミュージカルのオーディションシーンのようだった。審査員はみな、最初から期待していないような顔でその女性を眺めているのだけれど、彼女が歌い出した途端、そのあまりに美しくも力強い歌声に、圧倒され、開いた口が塞がらないという顔になる。

以前にも似たような出来事をテレビで観たような気もするが、侮られていた人が評価を逆転させる瞬間は、痛快で心地良かった。

動画再生を止めたところで母は、「やっぱりこういうのはいいよね」と満足げにうなずく。

「確かに」僕もうなずく。おまえはどうせ大したことできないんだろ、と思われている人が逆転を起こす話が、母は好きだ。

「でもさ」姉は納豆を掻き混ぜながらだ。「結局、歌が上手いだけじゃん」

母が眉をひそめた。「だけ、って何、だけって。歌、凄かったでしょ。感動的だったじゃない」

「だって漫画とかドラマとかでも、結局、この人は実は運動ができました！　とか、親が有名人でした、とか、楽器が超上手い、とか何か特別なことがあって、逆転できるパターンが多いでしょ。普通の多くの人はさ、そんなの持ってないんだから」

「そうかも」僕もうなずく。

「大半の人は平凡な人間で、やっぱり、ひっくり返せないんだよ」

大阪にいる父が、寂しげな表情になっているのが目に浮かぶようだ。

「まあ、一理あるね」母も認めた。

「でしょ。だからさ、何か考えてよ」

「何かって」

「そういう特別なのがなくても、みんなに認められる方法」姉は納豆を、茶碗の白米の上にのせた。

「それは普通にあるよ」と母は即座に言った。「みんなを見返してやる方法」

「どんな」

「たとえば、ほら、『あいつは約束を守る奴だ』とか」

「何それ」僕は訊き返した。どういう意味？

「約束を守る、とか、信頼される、とか、真面目な男だ、とか、そういうのは特殊能力じゃないでしょ」

約束を守る男、と僕は自分の内面で、ナレーションをつけるかのように言ったのだが、どうにもぴんと来なかった。「地味だよ」

「地味でもいいじゃないの。やっぱり、最終的には、真面目で約束を守る人間が勝つんだよ」

勝つとか負けるとか。「そうかなあ」と僕は首をひねる。「それじゃあ弱いよ」

そんなこと、と母は言いかけたが、「まあ、でも損することも多いかあ」とあたかも自分が、真面目さで損してきたかのような言い方をする。

「ほら」姉は勝ち誇る。

「だけど、幸せにはなれるからね」母は諦めずにさらに続けた。

「どういうこと」

「特別じゃなくても幸せに生きることはできるから。むしろ、特別じゃないほうが幸せになれるんじゃないの？」

根拠もなく、曖昧に力説されても返答のしようがなかった。とてもじゃないけれど、「才能がないほうが幸せになれる説」など、受け入れられない。負け犬の遠吠《とおぼ》えじみた印象もある。

「説得力ゼロ」

「あと、ちゃんと謝る、とかも大事でしょ。悪いことをしたら謝る、って意外にできないから。あの、ワシントン大統領だって、桜の木を切ったことを正直に言って、褒められたわけだし」

「お母さん、その話好きだよね」

「正直者が褒められる、っていいでしょ。わたし子供のころ、ワシントンになりたくて斧《おの》が欲しかったくらい」と、斧が変身ベルトの役割を果たすかのように言った。

どこまで本気なのか。僕はすでに関心を失い、タブレット端末を操作し、ほかに面白い動画がないかと探した。

母は空いた食器を片付けはじめる。

「お母さんってほんと、時々、意味不明なことを力説するよね」

母がお風呂に入った後で、姉が感心するように言った。

「まあね」

「いじめ問題になるとヒートアップしちゃうし」

「ですな」

「お母さん、昔、いじめられていたことでもあるのかなあ」

姉は特に深い意味もなく洩らしたが、僕はそんなことを考えたこともなかったから、「え?」と声を高くして訊き返した。母が、たとえば小学生や中学生の時にいじめられていた、という様子はあまりぴんと来なかった。ただ、可能性はゼロではない。

「自分にぜんぜん関係ないニュースとか観ても怒ってるし。そう言えば、わたしが小学生の頃、お母さんが学校で急に演説はじめた話、したっけ」姉は箸で納豆を一粒ずつつまんでいる。いったい全部食べ終えるのに、どれくらい時間がかかるのだ、と恐怖を感じるほどの食べ方だ。

「学校で急に演説？　何それ」

「わたしが五年生くらいの時だったかなあ。たまたまその日、会社が休みとかで、お母さん、書写の時間の手伝いに来たんだよね」

みなが墨を磨《す》り、半紙に向かっている中、後ろに立っていたはずの母が急に、「先生、時間ください」と教室の前に歩いてきたのだという。

担任の先生ももちろん、きょとんとし、「いいですよ」と許可したわけではなかったようだが母は教壇に立ち、「ちょっとみんな聞いて」と始めたのだという。

もうみんなも何事かと思って、わたしのほうを見るわけ。おまえのお母さん、どうしたんだ？　って。最悪でしょ。

姉は言いながらも、その時から数年経っているからか言葉ほどは怒りを滲ませてはいなかった。

母はそこから話をはじめた。

みんな、筆を置いて、ちょっと聞いてね。ええとこのクラスで、誰かにいじめられています、って人はいる？

「何それ」と僕は姉の顔を見る。

「わたしは気づいていなかったんだけれど、その頃、いじめがあったみたいなんだよね。クラス内の女子で」

「どうしてお姉ちゃんが気づいていないのに、お母さんが気づいたわけ」

「お母さん、その書写の時に目撃したんだって。クラスの女子が半紙に悪口を書いて、別の子に見せつけるのを。後で聞いた」

「毛筆で悪口？」

「まあ、相手が傷つくようなことを書いて、その子に見せて、筆ですぐ塗り潰せば消えちゃうでしょ」

「陰湿だ」

「だからお母さんが怒ったんでしょ。そういうの大嫌いだから」

姉の話は妙に臨場感があり、まるで目に浮かぶようだ。頭の中で、リアルに再現できた。

いじめられています、って人はいる？　と母が訊ねても当然、誰も手を挙げない。反対に、おそらくは加害者、いじめている側と思しき女子が、「突然、何を変なこと言ってるんですか？」と茶化すように声を上げた。

母は意に介さず、「じゃあ、誰かを馬鹿にしたり、嫌がらせをしたりする人はいる？」と続ける。これも、もちろん誰も手を挙げない。

「みんな、ワシントンの話、知らないの？　アメリカ初代大統領のジョージ・ワシントン。子供の時に、お父さんの大事にしていた桜の木を斧で切っちゃったんだけれど、正直に、『僕がやりました』と言ったら、その正直さを褒められた、って話。あるでしょ？　ようするに、『正直』って有効なんだよ」

そう言ってももちろん、「わたしがやりました！」と手を挙げる人はいない。母は別段そのことに落胆せずに、「誰かを馬鹿にして、いじめることは本当にやめたほうがいいからね」と続けた。

クラスがしんとした中、母の、親しい友人に語り掛けるような声だけが聞こえる。

「あ、別にこれは、その子が可哀想だから、とか、仲良きことは美しきかな、とかそういうんじゃないから。人間って実は、誰かが困っているのを見て、楽しいと思っちゃうところがあるんだよね。たとえば、自分と関係ない場所で、車が渋滞していると、『大変だなあ』と思いつつも、優越感を感じたりもするでしょ？　運転しないから分からないかなあ。とにかく誰かを困らせたり、つらい気持ちにさせたりする人が出てくるのは、特別なことじゃないんだよ。自分が困っていると、別の人も道連れにしたくなるし、困るのを見てると楽しいんだから。ただ逆に、それだけの理由でいじめとかして人生を台無しにしちゃうのも馬鹿だと思わない？」

「どういうこと、それ」と誰かが言ってもおかしくはない。

「もし、わたしがいじめられたら、いじめてきた相手のことは絶対に忘れないからね。で、その子が大人になって成功したら、満を持して、発表すると思う。あの人は、小学生の頃、わたしをいじめていましたよ、って。そのためにも、何をされたのかはしっかり覚えておいて、効果的にその話を伝えるね。その人が成功すればするほど、ダメージは大きいでしょ。そうじゃなくても、その子に恋人ができたら、その恋人にそれとなく伝えるかも。『あの人、小学生の頃にわたしにこんな嫌がらせをしてくるアイディアマンだったんですよ、素敵ですよね』って」

それは我が家で母がしょっちゅう口にする話だ。おまえたちをいじめる人がいたら、少なくとも、そいつが幸せになることだけは阻止するね、と。

「人生って超大変なんだから。大人だって正解は分からないし、普通に暮らしていくのだって超難易度高いんだよ。ゲームでいうところのイージーモードなんてないからね。なのに、誰かを馬鹿にしたり、いじめたりする奴は、それだけで難易度上がるんだよ。だって、将来、いつそのことがばらされるか分からないでしょ。何で好き好んでハードモードにするんだろ。よっぽどの権力者になれる自信があるんだったらまだしも、将来、どこで誰と、どういった立場で出会うかなんて分からないでしょ。自分が馬鹿にしていた相手が、仕事の取引相手になることもあるだろうし、将来結婚する相手の知り合いってこともある。もしかしたら、大人になって大怪我して、担ぎ込まれた救急病院の担当医が、昔、自分がいじめていた相手だったら、どうする？　怖くない？」

怪我を負った人物は、白衣を着た医師を見てすぐに、あいつは、と気づく。一方の医師も、こいつは、と分かる。彼はこみ上げる笑みを抑えきれない。「安心していいですよ。相手が誰であれ、人命を救うのが医師の使命です」と言うが、言えば言うほど裏のメッセージを勘繰りたくなる。その期に及んでようやく男は、「あの時はいじめて悪かった」と謝るのだけれど、医師は意味ありげにうなずき、「このために医者になったんですよ」と微笑む。

そういった譬え話を母はしたという。

「いじめた側といじめられた側が、将来出会うことなんてそうそうない、と思ったら大間違いだからね。今の時代、居場所を探そうと思えば、それなりに探せちゃうし、ネットで情報発信なんていくらでもできちゃうんだから。誰かを馬鹿にした人は、将来、自分が成功した時に全部、晒されちゃうよ」

母の言うことは乱暴で、筋が通っているとも思えなかったけれど、おそらくそう話すことで、クラスの子たちに意識づけを行ったのだと思う。いじめをしている奴がいたらそいつのことを覚えておけ。今はつらくても、いつか反撃できるはず、と。そして仮に、自分が誰かをいじめたら、ほかのみんなが覚えているぞ。将来、自分が成功や幸せをつかむ時に、過去の振る舞いが襲い掛かってくるかもしれない、いや、きっとそうなる、と植え付けたかったのだろう。実際、未来のことは分からないのだ。そうなるかもしれないし、ならないかもしれない。

「その後、どうなったの」僕は、姉に、依然として納豆の糸を箸でくるくるやっている姉に、訊ねた。

「クラスは白けちゃって、先生も困っていたけれど、みんなでまた毛筆をはじめたよ」

「そうじゃなくて、いじめ」

「ああ、どうだったんだろう。お母さんの話に効果があったなんて思わないけれど、ただ、そんなにひどいことは起きなかったんだよね。というか、わたしがいじめられてもおかしくないよね。おまえのお母さん、何を偉そうなことを、って」

　僕が思い出したのは、父が前に、「お父さんたちも試行錯誤なんだよな」と言った時のことだ。「子育ては初めてだし、何が正解なのかいつも分からないから、ほんと難しいよ。ただ少なくともお父さんは、自分が親に言われたり、やられたりして嫌だったことはやらないようにしているつもりなんだ。だから謙介も親になったら、お父さんたちの良かった部分は真似して、駄目だった部分はやめるんだぞ。そうすれば、ほら、だんだん完成形に近づいていくんじゃないか？」

　そう簡単にはいかないだろう、と思いつつも、「うん分かった」と僕は答えた気がする。完成形が程遠いことだけは、分かった。


「俺、思い出したんだけどさ」交差点の信号待ちで、自転車を停めた倫彦が言った。

土曜日の昼間、倫彦が急に、図書館に行きたいのだ、と僕を誘ってきたため、一緒に出かけたその帰り道だった。

倫彦は、野球少年でありながら本を読むのが好きで、児童書はもちろん大人向けの小説もいくつか借りていた。僕が借りたものといえば、「世界の物騒な事件」や「黒魔術大全」とか、「あなたを呪う十の方法」といった胡散臭《うさんくさ》いタイトルのものばかりで、本を詰めたリュックサックを背負っていると、倫彦に、「背中が呪われそう」と笑われた。

「思い出したって何を」

「靖のところのお父さん、後から来たお父さんだろ」

後から来た、とは少し妙な説明だったけれど、「血が繋がっていない」と表現するのも乱暴だから、倫彦なりに言い方を考えたのかもしれない。

「そうだね」

「少し前のテレビで、虐待のニュースをやっていたんだよ。父親が、子供に殴る蹴る、しつけと言いながらひどいことを」

「ありそう」

「その時、何か、テレビの解説の人？　コメンテーターっていうの？　言ってたんだよ。義理の父親が虐待するケースは多いんですよ、って」

僕はその話は聞いたことがなかったから、とっさに、「まあ、そうやって決めつけちゃうのも怖いけどね」と答えた。母がよく、「物事を決めつけるのは怖い」と言っているからかもしれない。

とはいえ倫彦の不安な言い方のせいか、僕の胸の中にももやもやと、心配な思いが膨らみはじめていた。前日の、靖の父と会った時の、違和感が残っていたからだ。

実は、と倫彦が言ったのは、次の交差点でやっぱり赤信号につかまり、停まった時だ。

「この前、学校で、たまたま靖の体操服がめくれたんだけれど」

「どうかしたの?」

「痣《あざ》ができていたんだよな。青くて、結構大きい」

「何それ」

「分からないけどさあ」彼は言い、「靖、大丈夫かな」と洩らした。

信号が青になり、僕たちはペダルを漕ぐ。

そして、小さな十字路で一度停まると、「どうしようか」「どうすればいいんだろう」と話し合うことになった。

「虐待されているかどうか、靖に訊くしかないよな。今から、靖んちに行こうぜ」

「え」僕は少し戸惑う。今から行くの? 「でも、お父さんが家にいたら、靖も怖くて本当のことは言えないかもしれないよ」

「それはありえる」

僕も倫彦も、「虐待」とはどういったものなのか、具体的なイメージを描けていなかった。部屋に鎖で繋がれているような想像もしてしまい、気づけば僕は、「靖の部屋を覗ければ」と言っていた。「何か証拠が見つかるかも」

「あいつの部屋、二階だからなあ」

「塀とか、近くの電柱に登ったらどうだろう」

「警察に通報されたりして」

ううん、と僕たちはまた頭を捻る。しばらくして、「あ、そうだ」と閃いた自分を褒めてあげたい。


体を起こした〈教授〉が、後ろを向いた。僕は拝むようにしていた体の力をすっと抜く。

「どうした？」横にいる倫彦も、心配そうに声をかけた。

「そんな風に見守られていると、緊張するよ」

〈教授〉の顔はいつも通り無表情だから、いったいどこが緊張しているのだ、と言いたくなる。

「だけどほら、ラストチャンスだから」店内の音楽が騒がしいため、倫彦もいつもより声を大きくしていた。

「何でもっとお金持っていないの」〈教授〉は抑揚のない喋り方だった。こちらを責めるようにも聞こえる。

「〈教授〉、おまえは一銭も出していないくせに」

「自分のお金とかは全部、銀行にあるんだ。親が預金しちゃって。手元にあったのが、これだけで」

僕と倫彦とで先月分のお小遣いの残りを合わせた額が、千円だった。

「僕は、謙介たちに頼まれただけなんだからね。お金出す義理はないよ」

「分かってる。ただ、〈教授〉だって、靖のことは気になるだろ」

「別に気になるってほどではないけど」

「そんなことを言わずに」

おまえの力が必要だ、と倫彦が、〈教授〉の自宅を訪れたのは三十分ほど前だ。

「力が必要？　僕の？　何それ」〈教授〉がむすっと訊き返した。

クレーンゲームは百円で一回できる。五百円入れると、おまけの一回がプラスされ六回できる機種だったから僕たちは迷わず、五百円をまず投入した。

目指す景品の位置を、〈教授〉はじっと見つめ、ゲーム機の四方から覗くように細かく確認した後で、よし、とばかりにレバーを操作する。一回目は、機械の設定状況を確認するため、と言い、真正面から取りにいった。もちろん、つかむことはできない。「なるほどね」と〈教授〉は言い、二回目、三回目と挑戦した。大したもので、箱が惜しい位置まで動いた。ただ、ゴール口にまでは及ばず、あっという間に六回分が終了した。

汗を握る僕たちを見て、「次の六回で取るから」と言う〈教授〉は頼もしかった。

夏休みの自由研究の成果を確かめたい。〈教授〉としてはその思いのほうが強いだろう。

彼が研究者で、僕たちは資金を提供する側、スポンサーと言うのだろうか、そういう関係なのかな、とも思った。

残り六回のうち、はじめの三回までは、〈教授〉曰《いわ》く、「ばっちり予定通り」の動きができたらしい。大きめの箱の角をクレーンでこするようにし、少しずつ傾け、移動させた。

「この隅っこを押して、落とすんだ」

〈教授〉はそう説明し、四回目の操作を行ったが、これが空振りに終わり、さらに五回目も、当たった箱の場所が悪かったのか思ったよりも押すことができず、駄目だった。

というわけで最後の一回となり、〈教授〉が、「そんな風に見守られていると、緊張するよ」と言ってきたのだ。

〈教授〉を信じるほかない。僕と倫彦は後ろでやはり手を合わせて、お祈りしてしまう。頼むぞ〈教授〉、頼むぞ自由研究。

レバーを動かす〈教授〉の手が見える。軽快な、こちらの緊張を嘲笑《あざわら》うかのような音楽が流れる中、クレーンが動いた。

位置決めが終わり、あとはアームが下がり、景品の箱を押すのを見守るだけとなる。固唾《かたず》を呑む、とはまさにこのことだ。僕の鼓動が速くなり、それこそゲームセンター内で流れる音楽のリズムに、重なるようだった。

アームの先が箱の角を押す。

〈教授〉の狙い通りだったはずだ。箱は傾き、あとは重力に従って落下するだけ、と見えた。

だから狙いの箱が、横にある景品とわずかにぶつかり、角度が変わったのは、運が悪かった以外の何物でもなかったのだろう。

あともう少しといったところで、バーにひっかかり、間一髪、崖から落ちずに済んだスパイ映画の主人公さながら、落下せずに持ちこたえた。

え、と〈教授〉は目を丸くし、あ、と僕と倫彦は口を開いたままとなる。

「マジか」少しして倫彦がクレーンゲーム機に近づき、外側から拳で叩きはじめた。確かに、強い刺激を与えれば落ちるのではないか、というほどの、惜しい位置で箱が傾いている。

〈教授〉は茫然と立っていたものの、少しするとやはりゲーム機に接近し、ガラス越しに景品をじっと見つめた。「ああ、あと一回できれば。押せば取れるのに」

僕はすぐにポケットに手を入れる。あと百円、どこかにあれば、と期待したのだ。倫彦も同様の動きをする。

うちは余分なお金なんてないんだから、と言っていた〈教授〉も、縋るような気持ちだったのだろう、自分のズボンのポケットを探り、その後で両替機のところに移動し、しゃがんだ。硬貨が落ちていないかどうか調べているのだ。

自動販売機のところに散らばり、お釣りの場所に指を突っ込んで、取り忘れた硬貨がないかを確認する。

もといた場所に戻ってきて、僕たち三人は無言で、首を左右に振る。これはどうにもならない、ここまで来たのにな。名残惜しそうに、もしくは恨めしそうに、倫彦がクレーンゲーム機を眺めている。僕の視線も似た熱を発していたはずだ。

落ちている硬貨を見つけたのは、その時だった。ふと足元に目をやったところ、ゾンビを銃で倒すゲーム機の脇に、銀色の百円硬貨があった。僕は反射的にそれを拾う。

倫彦も目を輝かせ、僕が摘《つま》んだ百円硬貨を見つめた。

神の恵み！　と興奮した。これでもう一回行ける、と引き返そうとし、そこで、じっと僕たちを見る店員の姿が目に入った。かなり横幅のある、ゴム鞠《まり》のような体型だった。数メートル離れたところで、クレーンゲーム機に補充する景品を抱えていた。

お金を拾ったところを見られたかもしれない。どうだろう。倫彦も店員の姿には気づいたらしく、視線で相談してくる。

仕方がない。さほど悩まず店員に近づいた。「すみません、これ、あそこに落ちていたんですけど」

母がよく口にする、ワシントン大統領の桜の木のエピソードが頭に残っていたのかもしれないし、昨日の、「最終的には、真面目で約束を守る人間が勝つ」という話がよぎったのかもしれない。ここは正直に行動するのがいいと判断していた。

「え、何？」店員は面倒臭そうに首をひねる。ポケットのネームプレートには、「太田《おおた》」と書かれていた。

「この百円、落ちていたので」

「あ、そう」店員はそれを受け取る。どうやら、僕たちのことには気づいていなかったようだから正直に話して失敗した、と後悔が胸に滲み出した。「君たちさ、超真剣にクレーンゲームやっていたけれど、もう挑戦しないの？」

「あ、お金がもう」

店員が笑った。しょせん子供の資金力！　と小馬鹿にしてくるようだったから、僕たちはむっとする。あなたに関係ないじゃないですか、と立ち去ろうかと思った。

「じゃあ、これをやるから。最後、チャレンジしてみなって」と先ほど僕が渡したばかりの、百円玉を出した。

え、と僕は顔を上げ、店員を見て、それから倫彦と〈教授〉に目をやる。彼らの視線もこちらに絡んでくる。この店員、何を言ってるんだろう？

「これ、落ちていたお金ですけど」

「黙って自分たちのものにしてもいいのに、ちゃんと俺に届けただろ。正直なことはいいことだし、若い奴には貸しを作っておけって、教わっているから」店員はお腹を揺するように笑う。誰それさんが言っていたのだ、と懐かしそうに続けるが、その誰それさん、を僕たちは知らない。

「桜の木を切ったワシントン」僕は思わず、そう口にした。

店員は急に顔を明るくした。「あ、ワシントン大統領の話、知ってるの？　俺は最近知ったんだけれど、まさにそれだよ。桜の木を斧で切って」

「わたしがやりました、と正直に言ったんですよね」僕は答える。

「そうそう、自作自演」

「自作自演とはまた違うのでは」と言わずにはいられない。

「とにかく、正直さには、桜の木よりも価値があるんだって」

「でもあれ、実話じゃないですよね」と淡々と口を挟んだのは、〈教授〉だった。「伝記に途中から入れられた創作だ、って聞きましたよ」

そうだったか。僕は驚いたけれど、店員もショックを受けている。「創作？　そんなわけないだろ」

「だって、桜の木って当時、アメリカになかったみたいですよ」

「何だよそれ。あ、それならあれを知ってる？」店員は口を尖らせ、負けず嫌いの子供のようになった。「子供の頃のワシントンは、斧で桜の木を切ったのに、どうしてお父さんに怒られなかったのでしょうか、って話」急にクイズを出題するような口ぶりになっている。「なぜ、怒られなかったのでしょうか！」

正直に言ったからでしょ、と僕が解答するより先に、〈教授〉が「斧をまだ持っていたからですよね。超有名なブラックジョークです」と言った。

「どういうこと？」

「叱ったら、斧でやられちゃうかもしれないだろ。だからお父さんもびびって、許すしかなかった、という笑い話。あちこちでよく聞くよ」

得意げに話そうとしていただけに、店員は悔しかったからか、歯ぎしりをするかのような顔つきになった。少しでも自分が優位に立とうと思うのか、「まあ、いいよ、とにかくこの百円であと一回挑戦してみろって」と言った。

「でも、それ落ちていたやつですし」

「分かった。じゃあ、これは俺が預かって、こっちの俺のポケットマネーの百円を」と別の百円を出してくる。

これ以上、ああだこうだとやり取りするのも面倒で、さらには受け取らないと店員が興奮状態になりそうな怖さもあった。倫彦も同じ予感を覚えたのだろうか、「ありがとうございます。じゃあ、お言葉に甘えて」とその百円硬貨を受け取った。

「健闘を祈る。もし、将来、何かをやり遂げたら、ゲームセンターのお兄さんのおかげです、と言うんだぞ」と店員は満足げにうなずき、その後で、「まさかあれが作り話とは」とこれは明らかに独り言として呟いた。

僕たちは、〈教授〉を連れてゲーム機に戻っていく。

クレーンゲームの機械に百円硬貨を、「正直」と引き換えに得た百円玉を、大事に投入した。拝むような恰好で、祈る。

〈教授〉が先ほど洩らした、「あと一回できれば」は言い訳ではなかった。もらったばかりの百円で見事、景品を得た。

小型のドローンだ。

ドローンであれば、二階の部屋、靖の部屋の中も覗くことができるのではないか。図書館帰りに僕が閃いたのは、それだ。最近はカメラ付きの物もあるだろうから、それを使えばどうだろう、と。

「だけど、肝心のドローンをどうやって手に入れるんだよ」倫彦に言われれば、僕も答えられなかった。

仮に売っているお店が分かったところで、高くて簡単には買えないだろう。

「いいアイディアだと思ったけれど、意味がなかった」

僕が認めると倫彦が、「いや、もしかすると可能性はあるかも」と目を見開いた。

「どういうこと」

「確か、駅近くのゲームセンターのクレーンゲームに、小型ドローンが景品として置かれていた」

「やった」僕は、〈教授〉の抱える箱を見て、微笑むのを抑えられない。獲得したのは〈教授〉の研究と技術のおかげだけれど、作戦成功！の達成感が胸を満たした。

大事なのはこれからだ、と倫彦が言う。その通りだ。

次にやったのは、ドローン操縦の練習だった。自転車で河川敷まで行くとそこで箱を開き、ひとしきり説明書を読んだ。操縦は、無線接続したスマートフォンで行うタイプだったから、倫彦がスマートフォンを持っていてくれて助かった。スマートフォンへの接続をし、ああだこうだと準備をし、順番に操縦の練習をした。

はじめは少し浮かび上がるだけでも、やったやった、と興奮したが、ドローンを目指す方向に移動させたり、望みの高さまで上昇させたりするのは難易度が高く、何度も墜落する。

遠隔操作によるドローン遊びは楽しかった。内蔵されたカメラがスマートフォンに映像を送信してくれるのも新鮮で、三人でひたすら、飛ばしては落とし、飛ばしては落とした。

たぶん倫彦が、「壊れる前に、靖のところに行かないと」と言い出さなければ、そのまま夕方まで遊び、今日は楽しかったね、と帰宅しておしまいだったろう。

というわけで僕たちは、いざ本番、と靖の家まで自転車でやってきた。河川敷での練習により、一番上手にドローン操縦ができるのは〈教授〉だと判明していたから、作戦行動は彼に託すことになった。

ドローンを道に置き、〈教授〉がスマートフォンを構える。

「すぐそこが、靖の部屋のはずだから」倫彦が指差した。

「カーテン閉まってるけど」〈教授〉が指摘するが、レースのカーテンだからどうにか見えるのではないか、と僕たちは期待した。

じゃあやってみるよ。〈教授〉の顔はいつもの無表情ながら、わずかに強張っているようでもあった。さすがに緊張しているのだ。彼がスマートフォンを構えてしばらくすると、プロペラが回転するような、それなりに騒がしい音がして、ふわっとドローンが浮上した。

その時、僕の頭に浮かんでいたのは、カーテン越しに映る、父親に顔を殴られる靖の姿だった。もしくは身体を蹴られ、痣をつけられる靖だ。

〈教授〉は上手にドローンを操縦し、二階の、靖の部屋の窓の高さにふらふらと上下はしつつも浮かばせることに成功した。

「そこで、カメラを前側に」倫彦が、〈教授〉が持つスマートフォンを後ろから覗き込みながら、指示を出す。

〈教授〉は集中した顔つきで、じっと画面を睨んでいた。

室内はどんな様子なのか、と僕も、〈教授〉の背後に回り、背伸びしつつスマートフォンの画面を把握しようとする。

レースのカーテンが映っていた。

「靖だ。中にいる！」倫彦が少し声を大きくする。発見したかのような言い方だったが、そこは靖の部屋なのだから別段驚くことでもない。だけど僕も、「発見！」の興奮に包まれた。

窓ががらっと開いた。

カーテンをめくった靖が顔を出し、道にいる僕たちを見下ろしてくる。

しかも、「あれ、みんな、何やってるの」とのんびりした声で言うではないか。

〈教授〉もさすがに驚いたのか、はっとした時にはドローンが地面めがけて落ちた。プロペラの回転が止まってしまったのだろうか。とっさに僕がそれを、怪我もなく受け止められたのは運が良かった。

二階からこちらを眺め、「ちょっと今、そっちに行くね」と目を輝かせている靖の横には茶色い髪の父親の姿もあった。


家から出てきた靖は、僕が抱えたドローンを興味深そうに眺めた。

「これ、クレーンゲームで取れるなんて、豪華だね」と感心している。

彼の後ろから、靖の父親も現れる。僕は自分の背中に、気まずい思いが汗となって滲んでくるのを感じた。

どうしてうちの前で飛ばしたの？　と靖は当然の疑問を口にする。

いやあ、と僕と倫彦は言葉を濁すほかない。「何となく」

「何となく、って何それ。もっと広い場所でやったほうが」

気になるのはもっともだ。

どう説明したらうまく誤魔化せるかなと必死に頭を回転させる。

すると〈教授〉が、「謙介と倫彦、靖が家で虐待されているんじゃないか、って疑っているみたいよ」とあっさりと暴露してしまうから、慌てた。

裏切者！　と怒りたくなる。

彼は、自分は無関係、という思いがあるのか、一緒にその場にいたにもかかわらず第三者のスパイ活動を密告するようだった。

「え、虐待？」と靖がきょとんとした。「誰が？」と通りすがりの誰かが虐待を受けているのか、と心配するようだった。

「あ、いや」

靖は父親のほうを見る。少ししてようやく、その言葉の意味することを理解した、といった具合に噴き出した。

父親も、「俺が？　靖を？」と意表を突かれた面持ちで言い、少しすると困惑しながらも笑みを浮かべる。

「どうしてそう思ったわけ？」靖が訊ねた。

どうしてだっけ？　と倫彦が僕を見る。

どうしてだっけ、と僕がほかの人に押し付けるわけにもいかず、記憶を辿った。「昨日、来た時、靖のお父さんがちょっと変だったから」

「え？　変だった？」と靖の父が自分を指差し、首をかしげる。

「隠し事をしているような」愛想は良かったけれど、あまり目を合わせようとしなかった。

そのあたりのことを話すと靖の父は、「ああ」と納得したようにうなずいた。「それは、靖が家でゲームをやったり、意外に元気だったから」

「どういうことですか？」

靖がばつが悪そうに下を向く。「一応、腹痛を理由に休んだけれど」

「実はずるだったのか」倫彦がからかうように人差し指を向ける。「ずる休み」

その矢のように突き出された人差し指から靖を守るかのように、靖の父が手で制した。

「俺が言ったんだよ。学校に行きたくないって言うから、そういう時は無理せずに、休むのもありだよ、って」

「靖、学校、来たくないの？」

「うーん」と靖は小声で、悩むような声を出した。「僕、運動が駄目だから。体育が怖くて。特に今は、ソフトボールでしょ。守ってもぜんぜん取れないし」

「マジかよ、そんなこと気にしてるのか」倫彦が目を丸くした。

「倫彦は運動が得意だから、分からないのかも」と僕が横から言う。「できないことをやるのは結構、つらいよ。僕だって、音痴だから音楽の授業は地獄だ」

「靖が朝から悩んでいたから、休むように言ったんだ。俺も経験があるけど、絶対行かないとならない、と考えていると結構、追い込まれちゃうんだよな。行けない時は休んでもいいんだ、と思えると少し楽になる」と靖の父が頭を掻く。「で、家でのんびりゲームをしていたら君たちが来て、ちょっと後ろめたくて、だから俺も態度がおかしかったんじゃないかな」

「何だそうだったのか」倫彦はぼそりと言うけれど、その後で、「あ、痣だ。痣のこともあった！」と思い出したように声を高くした。

「痣？」

「靖、体に痣があるだろ？　俺、見ちゃったんだよ」

そうだ、その話もあった。だから、虐待への疑いが増したのだ。

靖はその場で、着ていたTシャツをまくった。腰のあたりにうっすらと、青とも黒ともつかない影のようなものが見える。「これのこと?」と彼が指差す。

「それだよ」倫彦がうなずく。

痣は二つくらいあり、しかもそれなりの大きさで、穏やかではない暴力の証拠としか思えない。

「ああ、それかあ。確かに、虐待の痕っぽい」靖の父が苦笑した。「努力の結晶なのに」

「努力の?」

意味が分からず、靖の体を覗きこむようにしてしまった。

「ソフトボールの練習をしたんだよ、少し前に。ボール取れるようになったら、自信つくかなと思って」靖が恥ずかしそうに、ぼそぼそと喋る。

「ちょっと俺の投げた球が強すぎちゃって」靖の父が寂しげな表情になった。

練習をしたものの痣ができるだけで上達の気配が一向になく、そのこともあって体育の時間が憂鬱になってしまったのだ、と靖は説明してくれた。

「何だよ、野球なら俺が教えてやるのに」

「え、本当に?」靖が想像以上に、前のめりに言い、倫彦をのけぞらせる。

「教えないと思ったのかよ」「そうじゃないけれど」

「それにしても、ドローンで撮影とは」靖の父が歯を見せた。「面白いことを考えるなあ」

すみません、と僕は肩をすぼめる。「お騒がせして」

「だけど」靖の父が言う。「これに懲《こ》りずに、と言ったら変だけど、靖の様子が変だったら気にかけてほしいんだ。こんなことを言いながら、もしかして俺が虐待をしている可能性はあるだろ。靖を脅して、口止めしているかもしれない。だから君たちは、全部を真に受けて、大人を信用しないで、疑う時は疑うんだよ」

「はあ」何が何だか。

「いや、俺は虐待なんかしていないよ。ただ、今後、万が一そういう時のために言っておくだけでね。人は見かけによらないから。いい人に見える人が、意外に家では横暴だったりするし。あ、俺は大丈夫だよ？　念のため」彼は一生懸命そう言い、靖の顔を見ると、「どうしよう」と子供が困り果てるように嘆いた。「説明すればするほど、怪しくなる」

　靖が楽しそうに、声を立てて笑う。


「僕もこれ、飛ばしてみたい」と靖が言い出すと、僕たちは当然、反対はしなかった。

「もちろん、やってみればいいよ」とドローンを地面に置き、接続済みのスマートフォンを手渡した。

「本格的だね」靖は緊張しつつ、〈教授〉から操作方法を教えてもらう。

靖の父は、気を付けて遊ぶんだぞ、と言い残すと、夕飯の支度をするために家に戻っていった。

「お父さんが食事作るんだ？」倫彦が訊ねると、靖はどこか嬉しそうにうなずいた。

「上手なんだよね。お母さんが家事、ぜんぜん駄目だから全部やってくれる。今日もお母さんは会社で、その間に二人で掃除をやっていたんだけれど、家の中、すごく片付いちゃって。そういうのも得意で」

「いいなあ」倫彦が素直に洩らした。

「そんないいお父さんを疑って、悪かったなあ」と僕は本心から口にする。

ううん、そんなことないよ、心配してくれて嬉しかったよ。そんな風に応える靖がずいぶん大人に見えた。

「変なところに飛ばないように、気を付けて」〈教授〉が声をかけた。

直後、「そのご心配、的中ですよ！」とはしゃぐかのように、ドローンが斜め方向に上昇した。

焦った靖がさらに、指をまずい方向に動かしたようだ。あまりの勢いに目で追うのもやっとだったけれど、靖も動揺したせいか、予期せぬ速度でドローンが消えてしまった。家の裏手へと飛んで行き、スマートフォンの画面も暗くなった。

あっという間のことだ。

僕たちはすぐには動けない。

「まずいな。どこに」と周囲を見渡すことも、だいぶ経ってからようやくできた。あっちこっちの空を見る。「どっちに？」「分からない」「見えなかった」

四人でばらばらの方角に探しに行くことにした。

よその家の敷地に落下したり、人や車に当たっていたりしたら一大事だ。

大変だ大変だ、うちのドローンを知りませんか？

そう叫びながら、アナウンスをしながら走りたかったくらいだ。

十字路で立ち止まり、隠れるような恰好で道の向こう側を眺めている倫彦に気づいたのは、自転車で探すべきだったかな、と反省しかけた時だった。

「倫彦、どう？　見つかった？」と声をかけたら、びくっとしてこちらを見る。声を出さずにうなずき、先を指差した。いったい何から隠れているのか。

近づき、倫彦と似た恰好で覗くと、原付バイクを停めた男の人が、地面に落ちているドローンを不審げに眺めているのが見えた。

「あの人に、ぶつかったのかな？」

「どうなんだろう」と倫彦は首を傾げる。

「怒ってそうだよね」

「このまま、知らん顔しちゃおうか」

せっかく取ったドローンを放り出すのはもったいないけれど、大人に叱られるよりはマシだ。

「そうだね」と僕も同意した。「君子危うきに何とか、って言うし」

「触らぬ神に祟《たた》りなし、とか」

少し違う気はしたものの、とにかくこのまま引き返して、〈教授〉や靖と合流しようと思った。

ただそこで、僕の頭を、母の言葉がよぎってしまった。「ちゃんと謝る、とかも大事でしょ。悪いことをしたら謝る、って意外にできないから」

特別な才能はなくても、真面目な人間に、謝るべき時には謝れる人間になりたい。その思いがあったのかもしれない。逃げるのは簡単だったけれど、それでいいのか、と自分に問いかけた。

気づけば僕は、前に足を踏み出していた。

男の人に近づいている自分がいる。「ごめんなさい。それ、僕のです」

桜の木を切ったのは僕です！　と正直に謝り、怒られるどころかむしろ褒められた、というワシントン少年を思い浮かべるけれど、「あれ、実話じゃないですよね」という〈教授〉の言葉もちらついた。

正直に謝れば、許してくれるだろう、と思っていた僕は甘かった。逃げたほうが正解だった。後悔の気持ちが全身をぐるぐると回っている。その、五十代くらいの男の人は、しつこく延々と怒ってきたのだ。叱りつけるというよりは、溜め息まじりにくどくどと文句を口にしてくる。

倫彦も後から来たのだけれど、二人で並んで肩をすぼめるしかない。

男は、「これ、ぶつかっていたら大事故だぞ。何考えているんだ。最近の小学生はまったく」と人差し指で僕たちを突き刺したいのか、と思うほどの力強さで、指先を向けてくる。

「ごめんなさい」僕はもう一度頭を下げる。

だらだらと怒り続ける男の話からすると、どうやらドローンがぶつかったわけでもなければ、バイクと衝突しそうになったわけでもないようだった。

路上に落ちているのを見つけてバイクを停車したところ、僕が謝りに来た。飛んで火に入る夏の虫、的な状況だったのだ。

男の怒る言葉が一向に終わらないため、だんだんと僕は、ストレスを発散したいだけなのではないか、と感じはじめた。自分よりも弱い相手を、ボクシングのサンドバッグのようにしたいのではないか、と。

これは終わりがない、と怖くなった。

「おまえたち、本当に悪いと思っているんだな」

「はい」「ごめんなさい」僕と倫彦が謝る。

「それなら、土下座しろ」男が地面を突き刺すように指差した。

「え」

「悪いと思っているなら、土下座して謝れ」

どうしてそこまでしないといけないのか、と僕は驚いた。倫彦もびっくりした表情で、こちらを見る。明らかに自分より弱い小学生を、土下座させて何が楽しいというのだろうか。

「ほら、早くしろって言ってるんだよ」大声を張り上げる。

明らかに相手は暴走している。ただ、強い口調で言われて、圧倒された。

ワシントンのせいだ。正直だったばっかりに、ひどい目に遭ってしまった。

ワシントンはどうして怒られなかったのでしょうか。

斧をまだ持っていたから。

その冗談を思い出す。ワシントンには斧があったけれど、僕にはない。どうすれば、と必死に頭を回転させる。

考えるより先に、僕は担いでいたリュックサックを下ろした。土下座の準備だと思われたのかもしれないが、そのまま中に手を入れて、僕はすっと本を二冊取り出す。図書館から借りてきたものだ。

さりげない動きを意識しながら、お守りを用意するようにお腹のあたりに掲げた。「あなたを呪う十の方法」というタイトルが、相手に見えるようにはした。もう一冊は、「黒魔術大全」だ。

悪ふざけとは思われないように。ワシントンがただ斧を手に持っていたのと同じように。

男が、僕のほうに目を向け、大事そうに抱える本のタイトルを見た。その瞬間だけ、ぐっと言葉につまり、「土下座しろ」の声がやんだ。

脅す気か？　と言ってくることはなかった。僕はただ本を、題名が見えるように抱えただけだ。

そこで、「ちょっと、おまえたち！」と乱暴な女性の大声が聞こえた。

何事か、とうろたえながら首を振り周囲を見ると、僕たちの後方から威勢よく走ってくる女性がいる。

母だ。

有無を言わせない勢いで駆けてきたため、「お母さん」と呼びかけるタイミングもなく、おそらくそれを母は狙っていたのだろうが、辿り着くと同時に、「わたしの車、どうしてくれるの！」と僕たちを思い切り叱った。「ほんと、二人ともどこの学校の、誰なの？」

それからさらに男のほうを向くと、「あなたも被害者？　この悪い子供たち、恐るべき児童、噂のドローン少年たちに何かやられたの？」と唾を飛ばす勢いで言った。下手な芝居を、声の大きさと勢いで掻き消そうとしている。「噂のドローン少年」なる表現はどこから出てきたのか。

「あ、いや」男も、母の勢いに圧倒され、しかも自分は大した被害もないものだから、少し言いよどんでいる。

母は地面のドローンをつかみ、自分で抱えるようにすると、「さあ、あっちで弁償の話をしようじゃないの」と僕と倫彦を引っ張っていく。「修理費出してもらうよ」

その時点で、母の思惑を察した。わあわあ、と騒ぎ立て、男が唖然としている間に、この場から遠ざけようとしているのだろう。とはいえ、ここで親子だとばれたら元も子もない。下手なことは喋らないほうがいい。倫彦にも目配せをし、大人しくしているように、と合図する。

「おい、ちょっと、その子供たち、どうするんだ」男が訊ねる。

「そりゃ、あっちで」と母は言ったところで、続きが思い浮かばないのか言葉を止めてしまう。母の剣幕からすれば、「あっちで処刑します」と言いかねないが、さすがにそこまでふざけたことを口にしたらまずい。「本当に、どうしてこんな子供たちが」と曖昧に嘆いて誤魔化している。

「まったくだよ」男も強くうなずいた。「親の顔が見てみたいもんだ」

母がぴくっと体を震わせ、足を止める。

男のほうに顔を向け、「本当にそうですよね。親の顔が見てみたい」と大袈裟に息を吐いた。それから憧れの人を思い浮かべるような口ぶりで、「さぞや素敵な方なんでしょうね」と言い残した。

はっきりとした断定するような言い方だったけれど、男はその言葉の意味が分からず、置いていかれている。

角を曲がると母は、「ほら、走って」と駆けていき、僕たちも後を追った。もう一つ、角を折れたところに、〈教授〉と靖が待っていた。

母はたまたま通りかかり、靖と遭遇したのだという。僕の自宅とは一区画離れているだけだから、買い物の行き来の際によく通るエリアだった。靖は、僕の母を見て、「今、実は大変なことが」と、ドローンが消えてしまった騒動について相談した。

母は周辺を探し回り、そうしたところ僕と倫彦が、男の人に叱られているのを目撃した。

「明らかに、面倒臭そうな人だったからね」と母は言う。どうにか脱出させないと、と考えた末に浮かんだのがこの強引な案だったようだ。

「うん、まあ」親や知り合い、学校の先生とは違う、一般の大人から、責め立てられることなど今までなかったから、自分で思っていた以上に恐怖と緊張があったのかもしれない。僕たちが子供だからといって手加減しない、むしろ、より攻撃的に接してくる大人に、初めて遭遇した恐怖から解放され、ほっとしたせいか、気づいた時には涙がぽろぽろこぼれ出していた。横を見れば、倫彦も同じく泣いている。

次から次と、涙が溢れてくる。

あらあら、大変だったねえ、と母は、僕たちに声をかけた。「怖かったの？」

どうして泣いているのか、自分でも説明できず、頭を左右に振った。

「謙介、ちゃんと謝ろうとはしたんでしょ。偉いよ」と言ってくれ、僕はまた涙が溢れてくる。

ワシントン少年は、正直で偉いよ、と言われた後、泣いたのだろうか、とふと思う。

作り話だよ、という声がどこかから聞こえてくる。

「それにしても遅い」母はそれほど苛々している様子ではなかったが、時計を確認している。

家電量販店のテレビ販売コーナーだった。家のテレビは依然として、電源が入らない状態のままだったため、とうとう買いに来たのだ。目当ての商品について、いくらまでなら値引きができるのか、と訊いたところ、「少々お待ちください」と店員が姿を消し、なかなか戻ってこない。

「お父さんには予算気にしないでいい、って言われているんでしょ」

「そうだけど、安いに越したことはないから」母は、並んでいるテレビを眺めていた。

そう言えば靖君、学校に来ている？　母が思い出したように訊ねた。

「そうだね。来てるよ」ソフトボールが苦手、と僕たちに打ち明けたことで気持ちが楽になったのかもしれない。放課後の時間がある時は、倫彦がキャッチボールの練習やグローブの使い方を教えてもいた。

「百円は返せた？」例のゲームセンターの店員のことだ。〈教授〉がクレーンゲームをやった際に、最後の百円を店員からもらったことを話したところ、「変な人かもしれないから、貸し借りはなしにしておいたほうがいいよ」と母は注意をしてきた。「後で、何か言われたら怖いでしょ」

確かにそうかもしれない、と倫彦と一緒に百円を返しに行くと、あの店員はすでに辞めていて、会うことができなかった。

「いなくなっちゃったなら、どうしようもないか」

「お父さん、何か言ってた？　あの、ドローンのこと」

「謙介は偉いなあ、って言ってたよ」

「え、僕、偉いこと何かしたっけ」

「どうだろうね」

店員が戻ってくる。体は大きく、肩幅もしっかりしているのだがどこか動きが鈍く、見るからに元気がなかった。喋るのも苦手そうなものだから、僕のほうが心配になる。

「あ、ええと」とぼそぼそと言った後で、小さなメモ用紙を渡してくる。手書きで金額が書いてあった。「これくらいまでなら」

「思ったよりは下がらないんですね」と母は言う。金額は読めなかったけれど、心に響くような安さではなかったのかもしれない。

「ほかのメーカーのでもいいから、もう少し安い、おすすめのはないですか」

店員は、「あ、はい」と真面目そうにうなずき、ポケットから取り出して手帳を眺めはじめる。ちらっと覗くと、小さな字で商品の情報みたいなものがぎっしり書いてある。自分なりに、まとめたものかもしれない。前に母が、「真面目で約束を守る人間が勝つんだよ」と言ったのを思い出した。

少し移動したところにあるテレビでは、バスケットボールの試合が映っていた。日本代表と強豪国との試合らしい。音声が流れているテレビがあるのか、実況と解説の声も聞こえた。

残り時間はぎりぎりで、日本は一点差で負けている。接戦になっていること自体が快挙だけれど、あと十数秒でどうにか逆転できないだろうか、という期待が、実況の声や観客席の熱気から伝わってきた。

バスケットボールに関心などないのに観てしまう。

細身の日本の選手がパスをもらった。ゴールから少し離れた場所でドリブルをする。解説者が、「元ユーチューバーで、遅咲き」「ベテラン」「切り札」といった言い方をした。ユーチューブで活躍していたのが、今はすっかり、日本の中心選手となっているようだ。切り札なら決めてよ、と僕は勝手なことを思う。バスケットボールはゴールに入れば二点のはずだから、シュートを決めれば逆転勝ちだ、とそれくらいは分かった。

残り五秒を切っている。さすがにもう終わりかな、と思った時にその選手が一歩後ろに下がった。ディフェンスが少し前に出るのと合わせて、まさにその動きを読んでいたのだろう、前に突っ込んだ。ディフェンスは遅れて、ついてこられない。

力強いドリブルに、ほかのディフェンスがわっと寄ってくる。

彼は構わず、ジャンプするのだけれど、外国の長身の選手二人が壁のように立ち塞がった。

シュートが止められると思った瞬間、彼は腕をくるっと回した。まだボールは手放していなかった。タイミングをずらし、目の前の二人が落ち始めた時を狙って、ふわっと横からボールを放った。その時ちょうどブザーが鳴った。

一瞬、何が起きたのか分からなかった。

あ、と思った時には、ボールがゴールネットを通過していた。しゅっという、心地良い音すら聞こえてくるようだ。コート上の日本選手全員が、両手を突き上げ、地球を踏み鳴らすかのようにジャンプした。

実況者が何かを叫んでいる。

うわあ、と僕は拳を握っていた。

ぱっと見上げれば、母も、「すごいね」と声を裏返し、万歳に近い恰好をしている。

ゴール、日本大金星、残りゼロ秒で逆転、とテレビからも叫び声が溢れ出している。

店員が目を真っ赤にしているのには、その後、気づいた。テレビ画面を見つめたまま、目を涙で滲ませているのだ。

「どうしたの、店員さん。感動的ではあったけれど。バスケファンなんですか？」母が訊ねると、店員は首を左右に振る。

「あ、じゃあ、知り合いが出てたとか？」

母がそう訊ねると、今度は何倍もの力強さで、否定した。手を振り、「違います。知りません」とほとんど泣きじゃくっているのではないか、と思える言い方をした。

知り合いだと分かったら、相手に迷惑がかかるとでも言わんばかりの、必死さだった。

店員は自分の字で埋まった手帳に目を戻し、案内すべきテレビを必死に探している様子だ。ただその途中、目を何回も拭い、自分に言い聞かせるようにうなずいた。これでいいんだ、良かったんだ、と嚙み締めているみたいだった。

「どうしちゃったんですか。何で、そんなに泣いてるの」

すると横から別の若い店員が飛んできて、どうかされましたか、とこちらを見る。母は、「この店員さんが急に泣き出しちゃって」と肩をすくめる。

体調悪いんですか、と若い店員が、先輩を心配するかのように訊ねた。僕たちのほうに向き直り、「申し訳ないです。真面目で、いい人なんですけど」と頭を下げてくる。

「いいよいいよ」母は笑った。「もう、さっきのテレビ買いますよ。値段そのままでいいから」

「え」店員と僕が一緒に言っている。

「いい試合の最後、観られちゃったし、わたし、真面目な人は好きだし」

店員はバスケの中継が続くテレビ画面をちらっと見た後で、慌ただしく頭を下げた。

〈参考文献〉
『超常現象をなぜ信じるのか　思い込みを生む「体験」のあやうさ』
菊池聡著　講談社
『4スタンス理論で子どもの足が速くなる！　スポーツが劇的に上達する！』
廣戸聡一監修　日東書院本社

インターネット上の情報も参考にしていますが、いずれも作品にする上で乱暴に要約、改変をしているため、実用的な情報ではないと思っていただけると助かります。

いくつかの短編には、「磯憲」なる教師が登場しますが、これは僕の小学校時代、四年生からの三年間を担任してくれた磯崎先生の名前を借りています。当時、新任教師だった磯崎先生は、今から思えばそれなりに試行錯誤していたのでしょうが、勉強とはまた違う、大事なことをいくつも教えてくれました。六年ほど前に再会しましたが、それ以降もまた、大事なことを教えてもらっている気がしますし、せっかく小学生が主人公の短編を書くなら、と登場させたくなった次第です。

少年や少女、子供を主人公にする小説を書くのは難しい、と思っていました。今も思っています。子供が語り手になれば、その年齢ゆえに使える言葉や表現が減ってしまいますし、こちらにその気がなくとも子供向けの本だと思われる可能性があります。懐古的な話や教訓話、綺麗事に引き寄せられてしまうのは寂しいですし、かと言って、後味の悪い話にするのもあざとい気がします。

どうしたら自分だからこそ書ける、少年たちの小説になるのか。自分の中にいる夢想家とリアリスト、そのどちらもがっかりしない物語を、ああだこうだと悩みながら考えた結果、この五つの短編ができあがりました。

自分の作品の評価は客観的にはできませんが、デビューしてから二十年、この仕事を続けてきた一つの成果のように感じています。

『逆ソクラテス』文庫化記念インタビュー

——もともとは、「少年の出てくる短編アンソロジー」の依頼から始まったという話ですが。

伊坂　十年以上前ですね。引き受けたはいいものの、子供をメインに据えた小説を書くのが苦手で、困ったなあ、とかなり頭を抱えちゃって。

——どうして苦手なんですか？

伊坂　子供の体験する世界となるとどうしても、家と学校くらいしか思いつかなくて、お話を作るのにも限界があるような気がしたんですよね。もともと、小学生や中高生をメインにした小説は得意じゃなくて、読むのも書くのも。それに、僕の書く小説は非現実的な要素とか、犯罪とかの不謹慎な要素に頼っているところも大きいので（笑）、それを使わないとなるとなかなか難しく、どうしたものかと悩んじゃって。

――悩んだ結果、この短編集の最初に収録されている表題作「逆ソクラテス」を書かれたんですね。

伊坂 子供がメインだけれど、自分が楽しめる小説にするにはどうしたらいいんだろう、といろいろ考えて。文体もなるべくいつものままにしたかったんですよね。子供の一人称にすると、語彙や使える知識も限られちゃいますし、どうしても純粋さや素朴さみたいなものも出てきちゃうので、その時点で、僕らしくなくなっちゃうかなあ、と。文体や人称も試行錯誤して。出てくる子供たちを大人のように描きたかったので、回想する形を選んだような気がします。

――作中に出てくる、「僕はそうは思わない」という言葉が力強いですが、これは最初から作中のポイントにするつもりだったんですか?

伊坂 どうだったのかな。最初はとにかく、少年の話だけれど僕が楽しめるもの、ということで、「カンニング作戦」とか「美術館から絵を盗む」とかそういった話なら書けるかな、と思ったんですよね。その中で、「先入観」というキーワードが出てきたような。そもそも、決めつける人が苦手なんです。「どうせ、おまえはこうでしょ」とか「こうするのが正解だ」とか、自信満々に断定する人が苦手なので、そういう人間を焦らせたいなあ、という気持ちもあって。たぶん、そういう要素は、多かれ少なかれ今まで書いてきた小説に入っていたかと思うんです。しかも、子供にとって「先入観」って、めちゃくちゃ手強《てごわ》い敵じゃないですか。それでどうにか、お話を作っていったんですけど、その際に、「そうは思わないけどね」みたいな言葉が浮かんだような。ただ、これは結構、誤解を受けやすい、というか、気になっていることがあって。

——何でしょう。

伊坂　単行本が出た後、読んだ人からの感想に、「自分も日頃から、納得いかないことには、『そうは思わない!』と言うことにしています」とか、「これからは、『そうは思わない』と言うようにします」とかあって、何かを受け止めてくれるのはありがたいものの、僕が思っていたのとは、若干、違う感じかもしれないと思っていて。

——どう違うんですか。

伊坂 別に僕は、「どんな場でも、自分の意見を言うべきだ」と言いたいわけではなくて、むしろどっちかといえば、協調性も大事にしたいほうなので（笑）。自分の意見が言えない人のほうに仲間意識がありますし。僕が主に想定していたのは、自分が馬鹿にされたり、自分の大事なものを貶《けな》された時のことなんです。たとえば、以前、僕の好きな映画監督の作品を、評論家の人が貶しているのを読んだことがあったんですけど、映画の良し悪しや好みって、「主観」の問題でもあるじゃないですか。なので、「僕はそう思わないよ」「僕は好きだけどね」と心の中で念じていたんですよね。そうじゃないと、飲まれちゃうような怖さもあって（笑）。それって結構、大事だと思うんですよ。もちろん科学的証拠とか、何か確固たるものがあれば別かもしれないですけど、「イメージ」や「先入観」で自分の大事なものを貶されそうになった時は、その場で言い返さなくてもいいから、「僕はそうは思わないけどね」と心で確認しておくことは大事じゃないかな、と。自分の好きなものとか、苦手なものに関しては、他人に強制されなくてもいい、というか。何となく、子供たちには、「自分がどう思うかについては奪われない」ということは伝えたくなっちゃったんですよね。場の雰囲気を気にせず、自分の意見は何でも言え、という意味ではなく（笑）。

――伊坂さんが、「伝えたい」なんて言うの珍しいですよね（笑）。いつもだいたい、メッセージなんてない、とおっしゃってるのに。

伊坂　メッセージや問題提起は、小説の面白さとは関係ない、と思っていますし、特に伝えたいこととかないんですよね。あったとしても言わない（笑）。ただ、「逆ソクラテス」をはじめ、この短編集は意外に、自分がいろいろ考えてきたことや、人間関係において、どうしたらいいかなあ、と悩んできたことを書いている気もしていて。唯一と言っていいくらい、子供とかに読んでほしいなと思いました。

――次に書かれたのは、「スロウではない」ですか。

伊坂　正直なところ、最初の「逆ソクラテス」がかなり自分の中でお気に入りの短編になったので、アンソロジーでしか読めないというのも、隠れた名作みたいな感じがあって（笑）、いいかなあ、と思ってもいたんです。見つけた人だけ読んでくれればいいなあ、と。ただ一方で、いろんな人に読んでもらいたい思いもあったので、もし同じくらい気に入る短編が何本かできあがったら本にしようかな、とはぼんやり、編集者とも話していたんですよね。そんな感じだったから結局、十年くらいかかっちゃって。

――「スロウではない」はどこから作ったんですか。

伊坂　担当編集者と二人で、自分たちの子供の話や、それに関係する学校での話をしている中で、運動会の話になったんですよね。子供のころって、足の速さで一目置かれたりしますし、遅いとつらかったりするじゃないですか。大人になったらあんまり、足の速さは関係ないのにな、といろいろ思っている中で、お話ができあがったような。

――「ゴッドファーザー」ごっこをする二人が印象的ですよね（笑）。

伊坂　あんな感じで、いろんなことが解決するんだったら世話ないな、と思いますし、笑えるじゃないですか。「ゴッドファーザーごっこをする子供」の場面は昔から、アイディアとして持っていて、たとえば、『ガソリン生活』の時にも、その場面を書いてみたんですよね。ただ、うまくいかなくて削除して。その後も、別の短編とかに入れ込もうとしては断念したんです。なので、やっと入れられた！　という感じで。

――磯憲と呼ばれる先生が出てきますよね。あとがきによると、小学校の担任の先生がモデルなんですか？

伊坂　モデルというか、実際の言動を反映させているわけではないのですが、ただ書いている時は、磯崎先生を思い浮かべていました。こんなこと言いそうだな、とか、言わせてみたいな、とか。磯崎先生は、僕が小学四年生の時から三年間、担任をしてくれて。その後は繫がりはなかったんですけど、今から十年くらい前、ちょっとしたきっかけで僕が会いに行って、そこからメールのやり取りをさせてもらって。磯崎先生にはずっと、今も、いろんなことを教えてもらっている気がします。少し前に知ったんですけど、磯崎先生にとっては、僕たちがほぼ初めての担任クラスだったみたいなんですよね。若くてすらっとした恰好いい先生で。

――今でも覚えているエピソードなどありますか？

伊坂　いろいろあるんですよね。たとえば、小学校の時、僕、ずっと綽名《あだな》で呼ばれていたんですね。で、僕自身は結構気に入ってたというか、嫌いではなかったんですけど、担任になった時に磯崎先生が、「それは呼ばれて嫌じゃないか？」と確認してくれたんですよ。当時はたぶん、「いじめ」という言葉自体使われていなかったと思いますし、僕自身も「いじめ」という概念自体、知らなかったんです。でも、先生は気になったんでしょうね。で、「あ、ぜんぜん嫌じゃないです」と答えたら、「そうか。なら、いいんだ」と爽やかに言ってくれて。当時は、「何でそんなこと確認するんだろ？」と不思議だったんですが、今から考えると、ちゃんとした先生だなと思って。

——その頃は、先生の中でもそういう意識は薄かった時代だったんでしょうしね。

伊坂　僕の認識では。先生が生徒を、変な綽名で呼んでいそうな時代ですからね。磯崎先生に関しては大人になってから、「いい先生だったんだなあ」と分かった気がします。その頃はほんと、親しいお兄さん、みたいな感じで。

——磯憲がその後の短編でも出てきますよね。とはいっても、全部に出てくるわけではなくて、次の「非オプティマス」にも出てきません。

伊坂　「逆ソクラテス」に出てきた転校生、安斎君を軸にして、どの短編にも安斎君が出てくる、という本にすることも、もしくは磯憲先生がどの短編にも出てくる本にすることもできるんですよね。ただ、「こういうコンセプトの本なのね」とか思われちゃうのが苦手で（笑）。それこそ、決めつけられちゃうことへの抵抗と言いますか。少しずらしたくなっちゃうので、そこは整わないままというか、繋がっているような繋がっていないような、そういう感じにしたくなっちゃうんですよね。

――安斎君の出てくる話ももっと読みたいなと思いました。

伊坂　そこはもう読者が思い思いに、「転校しちゃったあの友達、どうしているのかな」みたいな感じで（笑）、想像してくれればいいかなと思うんですよね。何でもかんでも、「その後どうなったか分かっちゃう」というのも寂しい気がします。小説の中の、「書かれていないこと」は書かれていないことに意味があると思うんです。絵画の白い部分と同じと言いますか、そこが白いことに意味がある。だから、書かれていない部分は僕もあまり考えていないです。

――「非オプティマス」は少年たちの話でありつつ、先生の話でもありますよね。

伊坂　先生にも先生の人生がありますし、年齢的にも僕からすると、少年たちよりも先生たちのほうに肩入れしちゃうところもあって、そっちの話も書いておかないと、フェアじゃないような気がしたんですよね。プライベートでつらいことや、面倒なことがあっても、日中は子供たちの前で、先生としていなくちゃいけないのはかなりつらいなあ、とよく思って。まあ、どの仕事もそうなんでしょうけど。

――「アンスポーツマンライク」はバスケットボールの少年たちの話ですが、これはどういうところからアイディアを練ったんですか。

伊坂　もともと長編のアイディアだったんです。子供が小学校の時、ミニバスをやっていて、ほかの子供たちやパパさんたちとも親しくさせてもらっていたので、少年時代のバスケットボールのチームメイトが、大人になって再会して宇宙人と戦う、みたいな話を書きたいなあ、と思っていて。映画『ピクセル』が好きで、ああいう、ハリウッド夏休み映画みたいなエンターテインメント小説を書きたくて。ただ、ふと、それを『逆ソクラテス』の短編集に入れたら面白いかな、と閃いたんですよね。大した閃きではないですけど（笑）、ごく普通の人間ドラマが並んでいる中に、急にアクションエンターテインメントみたいな話が入ってきたら、雰囲気が変わる気もしますし。さすがに宇宙人を書いちゃうと世界観的にまずいので、そこは変えて。

――もともと長編のアイディアだったのを、短編にするのも贅沢《ぜいたく》ですよね。

伊坂　贅沢だなあ、と僕も自己満足的に思ったんですが、読む人にはあんまり関係ないですよね（笑）。逆に、無理やり圧縮した、短い長編みたいになっちゃいましたけど。

――お子さんがミニバスをやっていた、とおっしゃっていましたが、登場人物にモデルなどいるのでしょうか？

伊坂　逆に、誰かをモデルにしたとなると、それはそれで良くない気もしたので、重ならないようにだいぶ神経を使いました。大人になった話も書かないといけないので、「この人はこうなる」と決めつけちゃう気がしますし。作中の駿介君だけは知っている子を重ねているんですが。

――厳しい指導法に対して懐疑的な意見も盛り込まれていますが。

伊坂　スポーツに限らず、「厳しく指導しないから、上達しない」「楽しいだけの現場ではいいものが作れない」といった考え方には、「本当にそうなの？」と思う部分もあるんですよね。もちろん、緊張感がないとだらけちゃうから、弛《ゆる》んだ雰囲気は良くないし、分からないでもないんですけど、恐怖とか苦痛で相手をコントロールするのは、ずるいなあ、と思ったりもして。ただ、ここ数年、現実社会で、スポーツ界でのパワーハラスメントとか問題視されるようになってきていて、文庫化の今のタイミングだと、そういった世の中の流れに便乗しているような気もして、少し気恥ずかしいんですよね（笑）。

――でも、そういうことって昔から伊坂さんが書いてきていることですよね。

伊坂　そうなんですよ。短編「逆ソクラテス」は十年以上昔に書いたやつですし。昔から、威張ったり、高圧的な人が苦手ですし、支配するのも支配されるのも嫌だよね、という小説を書いてきた気がします。

――作中で起きる事件はかなり物騒ですが。

伊坂　もともとのアイディアが「宇宙人」だったので（笑）、どうしても大きな事件じゃないと、という気持ちがあって。ただ、犯罪小説でもないですし、なかなかバランスが難しくて。銃を出すこと自体、リアリティのレベルが変わっちゃうので、かなり悩んだんですが。

——最後が「逆ワシントン」ですね。

伊坂　これが一番、難航しました。一年くらい悩んでいたんじゃないですかね。正直なところ、「子供が出てくる」「非現実的な要素がない」といった縛りの中だと、似たようなストーリーしか思い浮かばなくて、自分の発想力の限界を感じました。この短編集では、どのお話もできれば最後に、「やったぜ」と思えるものが欲しいんですけど（笑）、僕が今まで書いてきたものって、「運動ができました」とか「親が立派でした」とか、「のちに成功しました」とか、そういったもので、よくよく考えてみれば、「何か特別なもの」に頼っているんだな、とも気づいたんですよね。多くの人、多くの子供は、特別なものとかないじゃないですか。僕もそうだし。それを担当編集者に言ったら、「そうなんですよ。特別じゃない僕たちがどうすればいいのか、伊坂さん、頑張って考えてくださいよ」といつになく熱く言ってきて。頑張って考えたって、僕だってどうすればいいのか分からないよ、と思いながらも、「そうだよな」とか悩んじゃって。結果的に、思いつかなかったんですけど。

――駄目じゃないですか（笑）。

伊坂　だから、そのことをそのまま作中に書いてます（笑）。とにかく、特別な人は出てこない話にしようかな、と思って、どうにかこうにか作ったのが、「逆ワシントン」なんです。「真面目な人」というのがキーワードでもあるんですけど、正直、「真面目な人」が損をしちゃうことって多いと思うんですよね。要領のいい人が重宝されたりもしますし。だけどやっぱり、真面目な人のほうに肩入れしちゃいます。『逆ソクラテス』に収録している短編の中では一番、こぢんまりしているんですけど、派手に終わらないのもいいかな、と。

――一番最後の場面もいいですよね。

伊坂　あれは、「アンスポーツマンライク」を書いている時から考えていて。最後の最後は、テレビの販売コーナーの場面だな、と決めていたんですよね。これは、後付けなんですけど、「逆ソクラテス」の冒頭も、テレビの場面からはじまるので、対になっていて美しいですし（笑）。

——それはたまたまなんですか。

伊坂　本が発売されてから気づきました（笑）。

——収録短編すべてについてお聞きしました。単行本刊行時に書かれたあとがきでは、「デビューしてから二十年、この仕事を続けてきた一つの成果」と書かれていましたよね。

伊坂　これは説明が難しくて。それだけ達成感のある、大事な作品だという意味ではあるんですが、もちろんこれまでも、そういう小説は書いてきたんです。ただ、最初の話に戻っちゃいますが、こういう、現実的な子供をメインにした、どちらかといえば「いい話」を集めた短編集は昔だったら書けなかったんです。そもそも、そういう小説を読んだり書いたりしてきたわけではなかったですし、どこか、「自分が書く意味があるのかな」という気持ちが強かったような。もっと上手い作家はいると思いますし。ただ、二十年続けてきましたから、一冊くらい、こういう本があってもいいのではないかな、と思えたんですよね。

――アップテンポの曲が得意なバンドが、キャリアを重ねて、バラードの代表曲を一曲、発表してみるような？

伊坂　そうかも（笑）。一つくらいなら、いい曲が作れるかも、という（笑）。ほんと、今までやってきたからこそ書けたし、まとめられた、という気持ちです。だから、この『逆ソクラテス』が良かったので僕の別の小説も読みたいです、と言われた時に、困っちゃうかもしれません。ほかのは結構、物騒だったりするので（笑）。

――文庫も装丁は、基本的には単行本を踏襲するんですね。

伊坂　そうですそうです。junaidaさんの絵と名久井さんのデザインで。本当に素晴らしいですよね。あまりに完璧すぎて、内容も五割増しくらい、良く見える気がします。

――最後に何かありますか。

伊坂　僕は基本的に、自分が書くような小説は、「読みたい人が読めばいい」と思っているんです。嗜好品《しこうひん》みたいなところもありますし、特にためになることも書いていないですし（笑）。ただ、この『逆ソクラテス』だけは、いつになく、「たくさんの人に読んでほしいな」と思っていて。だから編集者とも、「慌ただしく出版するんじゃなくて、準備をちゃんとしましょうか」と言って、発売時期も一年くらい前から決めていたんですよ。その結果、単行本は二〇二〇年の四月に発売することにしたんですけど、それが、新型コロナウイルスで大変なことになった最初の年で。

——確かにそうでしたね。

伊坂　四月に緊急事態宣言が出て。学校も仕事も休みになって、書店さんも閉まり出したりして。その時に出版して、誰かに迷惑をかけたりしないのかな、とか結構悩んじゃったんですよね。不要不急の外出はやめましょう、と言われている中、「新刊が出たので買いに行ってください」とは言えないですし、あれほど「大事に出版しましょう」と準備していた本が、逆に、みんなに届かない時期に出すことになってしまって。むしろ、邪魔なのでは？　と落ち込みまして。世の中、もっと大変な人ばっかりだったので、こんなことは小さい悩みだなと思ってはいたんですけど、四月前後は日々、社会の状況が変わってきていたので、編集者と毎日、電話で相談していたような。

――発売を延期するとか？

伊坂　それも選択肢の一つでした。「いったいどうなっちゃうんだろう」「どうすればいいんだろう」と悩んでいて、今から思えば、あの時の僕と編集者の彼は、この『逆ソクラテス』で描いてきた小学生たちと同じだったような気がします。大人だけど（笑）、答えがない問題におろおろして。最終的には、「この時期に出版することになったのにも意味があるんじゃないかな」と励まし合って、そのまま発売することにしたんですよね。

意味があったのかどうかは今も分からないですけど、発売後は、今までとは違う層から反応があったりしましたし、これで良かったのかなと勝手に思っています。文庫になって、また新しい読者に届いてくれれば嬉しいです。

第三十三回柴田錬三郎賞受賞作
本書は、二〇二〇年四月、集英社より刊行されました。
初出
逆ソクラテス　『あの日、君とBoys』収録　二〇一二年、集英社文庫
スロウではない　「オール讀物」二〇一五年八月号
非オプティマス　単行本書き下ろし
アンスポーツマンライク　単行本書き下ろし
逆ワシントン　単行本書き下ろし

本文デザイン／名久井直子

伊坂幸太郎の本

終末のフール

小惑星が衝突し、三年後、地球は滅亡する——。家族の再生、新しい生命への希望、過去の恩讐。はたして終末を前にした人間にとっての幸福とは？　今日を生きることの意味を知る物語。

集英社文庫

伊坂幸太郎の本

仙台ぐらし

タクシーが、見知らぬ知人が、ずうずうしい猫が多すぎる。仙台に暮らす心配性の著者が、身の回りで起きたちょっとおかしな出来事を綴るエッセイ集。短篇小説「ブックモビール」も収録。

集英社文庫　目録（日本文学）

池澤夏樹　パレオマニア　大英博物館からの13の旅
池澤夏樹　異国の客
池澤夏樹　叡智の断片
池澤夏樹　セーヌの川辺
池田理代子　ベルサイユのばら全五巻
池田理代子　オルフェウスの窓全九巻
池永陽　走るジイサン
池永陽　ひらひら
池永陽　コンビニ・ララバイ
池永陽　でいごの花の下に
池永陽　水のなかの螢
池永陽　青葉のごとく　会津純真篇
池永陽　北の麦酒《ビール》ザムライ　日本初に挑戦した薩摩藩士
池永陽　下町やぶさか診療所
池永陽　いのちの約束　下町やぶさか診療所
池永陽　沖縄から来た娘　下町やぶさか診療所

池波正太郎　スパイ武士道
池波正太郎　天城峠
池波正太郎・選　日本ペンクラブ編　捕物小説名作選　一
池波正太郎・選　日本ペンクラブ編　捕物小説名作選　二
池波正太郎　幕末遊撃隊
池波正太郎　江戸前　通の歳時記
池波正太郎　鬼平梅安　江戸暮らし
伊坂幸太郎　終末のフール
伊坂幸太郎　仙台ぐらし
伊坂幸太郎　残り全部バケーション
伊坂幸太郎　逆ソクラテス
いしいしんじ　よはひ
石川恭三　心に残る患者の話
石川恭三　定年の身じたく　生涯青春！をめざす医師からの提案
石川恭三　生へのアンコール
石川恭三　医者が見つめた老いを生きるということ

石川恭三　医者いらずの本
石川恭三　定年ちょっといい話　閑中忙あり
石川恭三　50代からの男の体にズバッと効く本
石川直樹　全ての装備を知恵に置き換えること
石川直樹　最後の冒険家
石倉昇　ヒカルの碁勝利学
石田衣良　エンジェル
石田衣良　娼《しょう》年《ねん》
石田衣良　スローグッドバイ
石田衣良　1ポンドの悲しみ
石田衣良　愛がいない部屋
石田衣良　空は、今日も、青いか？
石田衣良他　恋のトビラ　好き、やっぱり好き。
石田衣良　答えはひとつじゃないけれど　石田衣良の人生相談室
石田衣良　逝《せい》年《ねん》
石田衣良　傷つきやすくなった世界で

集英社文庫

逆《ぎゃく》ソクラテス

2023年6月25日　第1刷　　定価はカバーに表示してあります。

著　者　伊坂幸太郎《いさかこうたろう》

発行者　樋口尚也

発行所　株式会社 集英社
東京都千代田区一ツ橋2-5-10　〒101-8050
電話　【編集部】03-3230-6095
【読者係】03-3230-6080
【販売部】03-3230-6393（書店専用）

印　刷　凸版印刷株式会社

製　本　凸版印刷株式会社

フォーマットデザイン　アリヤマデザインストア　　マークデザイン　居山浩二

ISBN978-4-08-744532-9 C0193